一個人閱讀 人 一個人思考

再見，柏林

克里斯多福・伊薛伍德　著
劉霽　譯

謹獻給約翰與碧翠絲萊曼

目次

柏林日記
（1930年　秋）

我的窗外，是一條深邃凝重的大街。表面層層疊疊的陽台，讓建築物顯得頭重腳輕，其陰影籠罩著酒窖整天不滅的燈，髒兮兮的灰泥牆上雕有渦卷形裝飾和貴族徽章。整個區域都是如此：一條街通向另一條街，兩旁都是有如破舊巨型保險箱的房子，裡面塞滿了失去光澤的財寶跟來自中產階級破產家庭的二手家具。

我是一台不閉快門的相機，完全被動，不斷記錄，毫不思考。記錄著男子在對面窗前剃鬍，以及女子穿著和服在洗頭。有一天，這一切都必須被小心沖洗、曬印、定影。

晚上八點鐘，家家戶戶都將大門深鎖，孩子們享用晚餐，店家歇業，街角是以小時計價的小旅店，其門鈴上的電子招牌也在此時點亮。沒多久，口哨聲就會開始響起，是年輕男孩在呼喚他們的女孩。他們佇立在樓下的寒風中，朝上對著亮燈的窗口吹哨，窗內是溫暖的房間，房內的床已經鋪好。他們希望能登堂入室。他們的哨音在空盪深邃的街道迴響，挑逗、私密且憂傷。就因為這些哨音，我不在乎晚上待在房裡。這讓我想起身在一個外國城市，孤零一人，離家萬里。有時候我下定決心充耳不聞，拿起一本書試著閱讀。但肯定很快會響起一聲呼喚，如此刺耳，如此急切，如此無可救藥地充滿人性，於是我最終不得不起身，從百葉窗簾的縫隙往外窺看，好確定那不是——而我也很清楚不可能是——在呼喚我。

關上窗點起壁爐時，房裡瀰漫一股奇特的味道，不能說難聞，是一種混合了燻煙和過期麵包的味道。高聳的磚砌壁爐，色彩華貴，就像一座祭壇。盥洗臺則像座哥德式神龕。櫥櫃也是哥德式，櫃門有如教堂的雕窗：俾斯麥和普魯士國王在彩繪玻璃上面對面。我最好的椅子就算拿去當主教的寶座也不為過。房間角落，三支仿造的中世紀長戟被紮在一起成了帽架。施洛德女士不時就將戟頭卸下來擦拭一番。那些戟頭非常沉重，銳利得足以殺人。

房裡每樣東西都是如此：毫無必要的結實，異乎尋常的沉重，危機四伏的尖銳。眼前的寫字桌上，我面對著一整隊金屬物——形如兩蛇交纏的一對燭臺，有鱷魚頭從中浮現的菸灰缸，仿佛羅倫斯匕首的裁紙刀，尾端捲著一個小破鐘的銅製海豚。這些東西將來會怎麼樣呢？怎麼可能摧毀得了它們？它們大概過了幾千年都仍將完整無缺：人們會將其珍藏於博物館。或者也許就簡單被熔掉，再製成戰爭用的軍火。每天早晨，施洛德女士謹慎地將它們擺放到某些固定不變的位置：它們巍然而立，無可動搖，一如她對資本與社會、宗教與性愛的觀點。

她一整天都在寬敞昏暗的公寓裡來來回回，身形走樣但靈活，搖搖擺擺從一個房間晃到另一個房間。腳穿絨毛拖鞋，身著花樣圖案的晨袍，袍子巧妙地攏在一起，絲毫看不見襯裙或胸衣。她輕彈著塵撣，四處窺看，將她又短又尖的鼻子一一伸進房客的櫥櫃或行李中打探。她有雙黝黑明亮，充滿好奇心的眼睛，以及一頭引以為傲，漂亮的棕色波浪鬈髮。她肯定有五十五歲左右了。

很久以前，在一次大戰和戰後通貨膨脹之前，她曾經算得上富裕。夏天會去波羅的海度假，還有女僕負責打理家務。過去三十年她則一直住在這裡，並將房子分租給房客。會這麼做是因為她喜歡有人陪伴。

我的朋友們曾對我說：「麗娜，你究竟怎麼辦到的？怎麼能忍受陌生人住在你家，弄壞你的家具，尤其是你的錢夠讓你獨立自主了？」而我總是給他們同樣的答案：「我的房客不只是房客，」我都這麼說，「他們是我的貴賓。」

「我跟你說，伊希烏先生*，以前要讓那種人入住我可是非常挑剔。隨喜好挑選。我都只選關係好、教養好的那種人——斯文的上流人士（就像你，伊希烏先生）。曾有一個男爵做過我房客，還有一個上尉，跟一個教授。他們常送我禮物——一瓶白蘭地、一盒巧克力或一些花。當他們有人出國度假時，總是會寄明信片給我——或許是倫敦，或許是巴黎，或許是巴登巴登。我以前收到多少美麗的卡片啊……」

*敘述者保留此角呼喚其名時帶有的德國口音。

而現在施洛德女士連自己的房間都沒有。她得睡在客廳，一個屏風後面，一張彈簧壞掉的小沙發上。就跟許多較老舊的柏林公寓一樣，我們的客廳連通著屋子前半部與後半部。住在前屋的房客要到浴室就必須穿過客廳，所以施洛德女士晚上常常受打擾。「但我翻個身立刻倒頭就睡，對我不會造成困擾，我太疲憊了。」所有家務事她都得自己動手，這就佔去她每天大部分時間。「二十年前，如果有人敢叫我刷家裡地板，我肯定賞他一耳光。但久了就習慣了。人什麼事都能習慣。唉，我記得以前寧願剁掉右手，也不願空出這房間……而現在，」施洛德女士說，而且說到做到，「老天爺！這對我來說就跟倒杯茶一樣容易！」

她很熱衷於跟我指出，曾居住在這房間的房客所留下的各種痕跡汙漬：

「對，伊希烏先生，我可以牢記他們每個人的東西……瞧這裡，地毯上——我送去清洗店不知道多少次了，但完全沒辦法去掉——那是內斯克先生慶生派對後嘔吐的地方。他到底吃了什麼鬼東西啊，可以弄成這樣？他可是來柏林念書的。他父母親住在布蘭登堡——一流的家庭。喔，我跟你保證！他們有一大堆錢！他的老爸是外科醫師，當然希望兒子能繼承父業……多麼討人喜歡的年輕人啊！我以前會跟他說：『內斯克先生，恕我直言，但你得更用功點——你有那麼好的頭腦！想想你的老爸老媽，這樣浪費他們的錢對他們不公平。唉，你還不如把錢丟到施普雷河中，至少還會濺起些水花！』我簡直就像他媽一樣。每一次，當他讓自己陷入麻煩——他這人非常莽撞——就會來找我：『施洛德嬸嬸，』他老這麼喊，『拜託別生我的氣……我們昨晚在玩牌，而我輸掉了這個月全部的零用錢。我不敢告訴父親……』然後他會用他那雙大眼睛望著我。我知道他在打什麼主意，那個兔崽子！但我沒那種鐵石心腸能夠拒絕，於是我會坐下來寫封信給他老媽，懇求就原諒他這麼一次，並再寄些錢來。而她總是會……當然，身為一個女人，我知道如何觸動母親的情感，儘管我自己從來沒生過小孩……你在笑什麼，伊希烏先生？哎喲，你知道，錯誤總是會發生的！

「而上尉先生老是在那裡打翻咖啡，濺到壁紙上。他以前總愛跟他的未婚妻同坐那張沙發。我常對他說：『上尉先生，麻煩請到桌上喝咖啡。恕我直言，什麼事情喝完再做也不遲……』但他偏不，老要坐在沙發上喝。然後，毫無例外，當他情緒開始高漲時，就會把咖啡杯弄翻……他還真是個英俊的紳士！他的老媽和妹妹有時候會來拜訪。她們喜歡到柏林來。老跟我說：『施洛德小姐，你不知道自己有多幸運能住在這裡，就在一切事物的中心。我們只是鄉下親戚——我們好忌妒你！現在快告訴我們最新的名人八卦！』當然，她們只是開玩笑。她們有一間漂亮的小屋，離哈爾伯施塔特不遠，就在哈爾茨山。她們給我看過相片，簡直是人間仙境！

「你有看到地毯上那些墨水痕嗎？柯赫教授老是在那邊甩鋼筆。我跟他講過一百次了。最後，我甚至在他的座椅周圍鋪吸墨紙。他實在太心不在焉了……不過真是個老好人！單純得不得了，我好喜歡他。只要幫他縫補襯衫或襪子，他就會含著淚跟我道謝。他也喜歡胡鬧。有時候，他聽到我要走進來了，就會關燈躲在門後，然後像頭獅子般吼叫嚇我，跟個小孩子一樣……」

施洛德女士可以這樣不斷說下去，連說好幾個小時，完全不會重複。每次當我聽她說上一段時間，就會發現自己再次陷入一種莫名恍惚的消沉狀態中，開始感覺極度不快樂。那些房客如今身在何方？再過十年，我自己又會身在何方呢？肯定不會在這裡。我得跨越多少邊境和汪洋才能抵達遙遠的那一天？我得徒步，騎馬，乘汽車、單車、飛機、輪船、火車、電梯、手扶梯、電車，跋涉多遠？如此漫長的旅程需要花多少錢？途中得一口一口，不厭其煩地吞進多少食物？我會穿壞多少雙鞋？我會抽完幾千根菸？我會喝下多少杯茶，多少杯啤酒？多麼糟糕乏味的前景啊！更有甚者，還終須一死……一陣突如其來、隱而未明的恐懼化作痛苦，糾結著我的腸胃，讓我不得不告辭去洗手間。

聽說我曾是醫學院學生，她向我吐露因為自己胸部太大而非常不快樂。她深受心悸所苦，而且很肯定這一定是因為她的心臟負擔過重所致。她在想是不是應該要動手術。她認識的人中有些建議她去，有些則反對：

「老天爺，隨身扛著這包袱可不輕鬆！而且你要知道——伊希烏先生：我以前可是跟你一樣瘦耶！」

「我猜你一定有很多仰慕者吧，施洛德女士？」

沒錯，她過去的追求者不少，但只有一個男友。是一個有婦之夫，跟他不願意離婚的妻子分居兩地。

「我們在一起十一年。後來他死於肺炎。有時我會在寒冷的夜裡醒來，希望他在身旁。一個人睡，似乎怎樣都很難真的感覺溫暖。」

這間公寓中除了我還有四名房客。我的隔壁，前屋的大房間中住的是柯斯特小姐；對面可以俯瞰庭院的房間住的是麥爾小姐；巴比的房間則在穿過客廳的後屋；而巴比的房間後面，浴室上方，樓梯頂部，是一間小閣樓，施洛德女士出於某些難以理解的原因，稱其為「瑞典閣」。她以一個月二十馬克的價錢，將這間租給一位白天和大多數夜晚都不在的推銷員。週日早晨，我偶爾會在廚房碰見他，穿著汗衫和長褲晃來晃去，邊道歉邊找火柴。

巴比是個調酒師，在城西一間叫「三頭馬車」的酒吧工作。我不知道他的真名。他取這名字是因為英文教名近來在柏林的花街柳巷間很風行。他是個蒼白、愁容滿面、穿著時髦的年輕人，有著一頭柔細光亮的黑髮。午後不久，他差不多剛起床，會穿著短袖上衣，頭戴髮網，在公寓中走來走去。

施洛德女士和巴比非常親密。他會搔她癢，拍她的屁股；她則會用煎鍋或拖把敲他頭。我頭一次不經意看到他們如此打打鬧鬧時，他們倆都有點窘。現在他們則對我的存在視而不見。

柯斯特小姐是個紅光滿面的金髮女孩，有雙呆板的藍色大眼睛。當我們穿著浴衣在浴室門口錯身時，她會矜持地迴避我的目光。她身材豐滿，但曲線仍美妙。

有一天我直接了當地問施洛德女士：柯斯特小姐過去在哪裡高就？

「高就？哈、哈，說得好！這詞太恰當了！沒錯，她的工作是挺高尚。就像這樣……」

以一種極端戲謔的態度，她開始像隻鴨子般搖搖晃晃地橫越廚房，故作斯文地用食指和拇指夾著抹布。走到門邊，她得意洋洋地一轉身，把抹布當絲質手帕般揮舞，並對我嘲弄地送飛吻：

「呵、呵，伊希烏先生！她們就是這樣做的！」

「我不太懂，施洛德女士。你的意思是她是走鋼索的？」

「嘻、嘻、嘻！非常好，伊希烏先生！對，沒錯！正是如此！她為了生活是走在鋼索上。這樣形容太符合了！」

在這不久後的一天晚上，我在樓梯遇見柯斯特小姐，身旁跟著一位日本人。之後施洛德女士跟我解釋說那是她最好的恩客之一。她曾問柯斯特小姐，當他們倆不在床上的時候，要怎麼相處，因為那個日本人幾乎不會說德語。

「這個嘛，」柯斯特小姐說，「我們一起聽留聲機，吃巧克力，而且我們還常常笑。他非常愛笑……」

施洛德女士真的很喜歡柯斯特小姐，對她的行當也沒有任何道德上的排斥：然而，當她因為柯斯特小姐弄壞茶壺嘴，或是打完電話忘了在客廳的板子上註記而發怒時，總是千篇一律地嚷著：

「畢竟，對那種女人你還能期待什麼呢？一個低級妓女！噯，伊希烏先生，你知道她以前做什麼的？是個女僕！然後她跟雇主變得異常親密，於是有一天，果不其然，她發現自己陷入了某種困境……當那個小麻煩被移除之後，她就得夾著尾巴跑了……」

麥爾小姐是音樂廳的約德爾調*歌手——全德國最頂尖的之一，施洛德女士語帶恭敬地向我保

* 一種起源於阿爾卑斯山脈地區，用真假嗓音反覆變化吟唱的歌唱法。

證不假。施洛德女士未必喜歡麥爾小姐，但對她滿懷敬畏；這也理所當然。麥爾小姐有個牛頭犬般的下顎，一雙壯碩的手臂，及一頭粗糙的深色頭髮。她說著帶有奇特強烈重音的巴伐利亞方言。在家中時，她會像匹戰馬一樣徹夜坐在客廳桌前，幫施洛德女士排紙牌。她們倆都是內行的算命師，沒卜個卦一天是無法開始的。目前她們倆都想知道的主要問題是：麥爾小姐何時會再訂婚？對這事施洛德女士跟麥爾小姐一樣感興趣，因為麥爾小姐已經遲繳房租了。

莫茲路街角，天氣好的時候，會有一名衣著落魄、雙眼凸出的男人站在攜帶式帆布攤子旁邊，攤子邊上釘了占星圖，及心滿意足的顧客親筆寫的推崇信件。每當施洛德女士有閒錢負擔他的收費時，就會去找他商談。事實上，他在她的生活中扮演了極為重要的角色。她對他的態度混合了諂媚與威脅。如果他承諾的好事成真了，她會親吻他，她這麼說，並邀請他共進晚餐，買金錶送他；如果沒有，她會掐死他，賞他耳光，向警察告發他。在許許多多預言中，占星師說她會在普魯士國家彩券中贏錢。到目前為止，她還沒這好運。但她總是在討論贏了錢之後要做些什麼。當然，我們每個人都會有禮物。我會拿到一頂帽子，因為施洛德女士認為像我這種教育程度的紳士，出門沒戴帽子實在不恰當。

沒有在算紙牌時，麥爾小姐會邊喝茶，邊跟施洛德女士講述她過去在劇場的輝煌成就：

「經理就跟我說：『弗麗琪，你一定是天堂派來的！我的女主角病了，你今晚就啟程來哥本哈根。』更過分的是，他不接受拒絕。『弗麗琪，』他會說（他老是這樣叫我），『弗麗琪，你不會讓一個老朋友失望吧？』於是我就去了……」麥爾小姐滿腹回憶地啜著她的茶：「很有魅力的一個男人，如此有教養。」她笑道：「不拘小節……但他總是知道該如何謹守分寸。」

施洛德女士熱切地點著頭，專注傾聽每一個字，沉醉在其中：

「我猜一定有些經理是不知羞恥的無賴吧？（再來點香腸吧，麥爾小姐？）」

「（謝謝，施洛德女士；一小片就好。）對，有些是……說出來你絕對不會相信！但我一向能照顧好自己，就算在我還是個瘦弱小女孩的時候……」

麥爾小姐渾圓的手臂上，裸露的肌肉令人倒胃地起伏著。她揚起下巴：

「我是巴伐利亞人；而巴伐利亞人從不會忘記受到的傷害。」

昨天晚上走進客廳時，我發現施洛德女士和麥爾小姐趴在地板上，耳朵貼著地毯。兩人偶爾互相會心一笑，或高興地掐掐彼此，然後同時發出一聲「噓！」

「聽！」施洛德女士低聲說，「他在砸家具耶！」

「他會把她揍得青一塊、紫一塊！」麥爾小姐驚呼，帶著興高采烈的語氣。

「砰！聽這聲音！」

「噓！噓！」

「噓！」

施洛德女士樂不可支，當我問她怎麼回事時，她費力爬起身，搖搖擺擺地走向前來，摟起我的腰，跟我跳起了華爾滋：「伊希烏先生！伊希烏先生！伊希烏先生唷！」直到她喘不過氣來。

「到底發生了什麼事？」我問。

「噓！」麥爾小姐在地板上命令，「噓！他們又開始了！」

在我們正下方的公寓中，住了一位葛朗涅克太太。她是加利西亞*的猶太人，光這點就足以讓麥爾小姐與她為敵：因為不用說，麥爾小姐是名忠貞的納粹。除此之外，葛朗涅克太太似乎曾針對麥爾小姐的約德爾調和她在樓梯間起過口角。或許是因為她並非亞利安人，葛朗涅克太太說她寧可聽貓叫。因此，她不只是侮辱了麥爾小姐，也侮辱了所有巴伐利亞人，所有德國女人：而麥爾小姐樂於承擔起這個責任，替她們復仇。

* galicia，一指西班牙西北，葡萄牙北部的自治區。一指東歐古地名，該區域現分屬烏克蘭及波蘭兩國。依小說背景跟地緣，所指應為此區域。

大約兩星期前，這事就已街知巷聞：已經六十歲，跟巫婆一樣醜陋的葛朗涅克太太，在報紙上登徵婚啟事。更有甚者，應徵者已經出現了：一名來自哈雷市，喪妻的屠夫。他已經見過葛朗涅克太太了，並依然準備要娶她。麥爾小姐的機會來了。經由旁敲側擊，她查出了屠夫的姓名和地址，並寫了封匿名信給他，詢問他是否知悉葛朗涅克太太（一）房子裡有蟲；（二）曾因詐欺被捕，並因精神失常的理由被釋放；（三）曾將自己的臥房出租，供人行傷風敗俗之事；並且（四）事後沒換床單就繼續睡在上面。現在屠夫拿著信來跟葛朗涅克太太對質了，可以相當清楚地聽見他們兩人的聲音：普魯士人憤怒的咆哮和女猶太人尖銳的嘶吼。不時會傳來拳頭敲打木板的重擊聲，間或夾雜著玻璃碎裂聲。爭吵持續了超過一個小時。

今天早上聽說有鄰居向門房抱怨這場騷動，還聽說有人看見葛朗涅克太太有黑眼圈。婚事顯然是吹了。

這條街的居民已經對我很面熟了。在雜貨店開口要一磅奶油時，人們不再會因為我的英國口音而轉過頭來。街角入夜後，三名流鶯也不再於我經過時用低沉的喉音呼喚：「**來嘛，帥哥**＊！」

＊原文直接引用德語，故以不同字體標示，後文亦同。

三名流鶯顯然都超過五十歲了。她們並不打算隱瞞年紀，沒有刻意塗脂抹粉。穿著寬鬆的舊毛皮外套，稍長的裙子，戴著主婦帽。我偶然跟巴比提及她們，他解釋說這類讓人感到自在的婦女一向有固定市場，很多中年男性喜歡她們更勝過年輕女孩。她們甚至還能吸引青少年。巴比解釋，男孩跟同齡女孩會感到害羞，但跟年紀可以做媽的女性則不會。如同大多數酒保，巴比在跟性有關的問題上可是專家。

某個晚上，我在他上班時間去探班

時間還很早，我到「三頭馬車」時大約九點。那地方比我預期的更大更堂皇。一個頭髮編得像王公貴族的門口守衛，狐疑地直盯著我沒戴帽子的頭，直到我開口對他說英文為止。一個時髦的衣帽間女孩堅持要幫我脫大衣，而大衣正好替我遮掩著寬鬆法蘭絨長褲上的難看汙漬。坐在櫃台的接待員連起身幫忙開內門都省了。看到巴比讓我鬆了口氣，他在一個藍銀色的吧檯後面工作。我像接近一個老朋友般朝他走去，他親切熱情地跟我打招呼：

「晚安，伊薛伍德先生，很高興在這裡見到你。」

我點了杯啤酒，在角落的一張凳子坐下。背靠著牆，我可以環視整個房間。

「生意如何？」我問。

巴比那張憔悴、上了妝、屬於夜貓子的臉龐變得嚴肅。他越過吧檯，將頭傾向我，帶著一種表示信任，討人喜歡的正經：

「不怎麼樣，伊薛伍德先生。現今來的那些客人啊……你想都想不到！唉，一年之前，我們早就把這些人擋在門外了。他們點個一杯啤酒，就以為有權力在這裡坐一整晚。」

巴比的口氣極為刻薄，我開始感覺不舒服：

「那你會喝什麼？」我問，邊內疚地一口嚥下我的啤酒；唯恐產生誤會，又補充道：「我要來杯威士忌蘇打。」

巴比說他也要來一杯。

屋內空盪盪，我察看著為數不多的顧客，嘗試用巴比看穿一切的目光打量他們。有三名精心打扮的迷人女孩坐在吧檯邊：最靠近我的那位尤其出眾，有種跨越國界的氣質。但在她們聊天的空檔間，我不經意聽見一些她跟其他酒保間的隻字片語，有濃重的柏林口音。她又疲倦又無聊，垮著嘴角。一名年輕男子接近她，並加入討論；是一名英俊、肩膀寬闊的男孩，穿著剪裁良好的晚禮服，簡直就是來度假的某間英國公立學校年級長。

「不，不，」我聽見他說，「**不在我這兒！**」他咧著嘴笑，做了個魯莽粗俗的街頭手勢。

另一頭角落坐了個聽差，正在跟穿白上衣的老廁所服務員講話。聽差說了些什麼，笑了笑，突然停下打了一個大呵欠。三名樂師正在舞台上閒聊，顯然在有值得為之演奏的聽眾光臨前，他們不打算開始。在其中一張桌子，我好像看見了真正的顧客，一位留著鬍子的胖男人。不過，一會兒之後，我跟他四目相接，他微微欠身，於是我明白他一定是店經理。

門開了，兩男兩女走進來。女人都上了年紀，有著粗腿、短髮，和昂貴的晚禮服。男人們昏昏欲睡，臉色蒼白，八成是荷蘭人。這肯定是白花花的銀子無誤。瞬間，「三頭馬車」為之一變。店經理、聽差、廁所服務員同時起身。廁所服務員消失無蹤，店經理焦躁地低聲跟聽差說了些什麼，然後他也不見了。然後經理躬身微笑，走向客人桌旁，跟兩個男人握了握手。聽差再次出現時拿著賣菸托盤，後面一個侍者拿著酒單急急忙忙趕來。同時，三人樂隊開始輕快地演奏。吧檯邊的女孩轉過身背靠檯子，露出一種間接邀請的微笑。職業舞男好似完全不相識地走向她們，恭敬鞠躬，以充滿教養的語氣邀舞。聽差一身整齊，掛著謹慎的笑容，像朵花般搖擺著腰，端著他的賣菸托盤穿過房間：「菸！菸！」他的聲音清晰且戲謔，就像個演員。侍者操著相同音調，只是更大聲、更戲謔、更歡欣，好讓我們全都聽得見，向著巴比點道：「海德希克香檳！」

帶著可笑又急切的認真，舞者們展演著精密複雜的進化，在每個動作中都表現出他們對正扮演的角色充滿自覺。薩克斯風手讓他的樂器甩開頸上繫帶自由搖擺，他拿著擴音器走到舞台邊緣：

她笑，
我愛
我的女人……

他邊唱邊送著心照不宣的眼神，將我們全都納入這場陰謀。他在聲音裡注滿諷刺，以一種癲癇發作似的狂喜姿態，不斷轉著眼珠。巴比光鮮、優雅、年輕五歲似地開著酒瓶。在此同時，那兩位不怎麼結實的男士彼此交談著，八成在談生意，對他們喚起的夜生活看也不看一眼。他們的女人則沉默地坐著，一副茫然、不安、備受冷落、非常無聊的樣子。

希碧伯恩斯坦小姐是我的第一個學生，住在古魯衛特一間幾乎全用玻璃打造的房子裡。柏林最富有的家庭多數都居住在古魯衛特，很難理解為什麼。他們的別墅齊集了所有已知昂貴兼醜陋的風格，從怪異的洛可可式建築，到平板屋頂、鋼筋玻璃共構的立體派盒子，全都擠在這個潮濕陰鬱的松林中。沒幾家能負擔得起大花園，因為地價貴得驚人：他們唯一的景觀就是鄰居的後院，而每一個都被鐵絲網與惡犬嚴密戒護著。對竊盜與革命的恐懼讓這些可悲的人陷入自我戒嚴，他們沒有隱私或陽光。這一區其實是百萬富翁的貧民窟。

我按著花園大門的電鈴，一名男僕拿著鑰匙從屋裡出來，後面跟著一頭不斷吠叫的大狼犬。

「我在旁邊牠不會咬你。」男僕跟我保證，咧嘴笑著。

伯恩斯坦家的大廳有金屬釘裝飾的門，及一座用螺栓釘在牆上的蒸汽鐘。還有各種現代主義的燈，被設計成看上去像是壓力計、溫度計和電話撥號盤。但家具跟屋子及其陳設並不搭。這地方像個發電廠，工程師想讓這裡舒服點，便從一間歷史悠久的老式招待所中搬來一些桌椅。素樸的金屬牆上掛的是裱著厚重金色畫框，濃豔的十九世紀風景畫。伯恩斯坦先生大概是一時魯莽，跟某個當紅前衛建築師訂了這棟別墅，結果看到房子嚇壞了，於是努力用家庭物品將其盡量遮蔽起來。

希碧小姐是個漂亮的胖女孩，十九歲左右，一頭光滑的栗色頭髮，一口好牙，一雙瞳鈴大眼。她有種慵懶、宜人、任性的笑容，以及發育良好的上圍。她說的英語像女學生，還帶有一點美國口音，相當出色，她自得不已。她很明顯無意做任何功課。當我畏縮地想為課提出一些規劃時，她不斷插話，要請我享用巧克力、咖啡、香菸：「不好意思，暫停一下，沒些水果了*。」她面露微笑，拿起內線電話的話筒：「安娜，請拿些柳橙來。」

等女僕拿了柳橙來，我儘管抗議，還是被逼著吃了一頓有盤子有刀叉的正餐。這摧毀了師生關係間最後的一層偽裝。我感覺像是一名警察來到廚房，接受一個迷人廚師的招待。希碧小姐坐在一旁看我吃，臉上掛著她和善、慵懶地笑容：

「請告訴我，你為何來到德國？」

她很愛打探關於我的事，但只是像牛一樣徒勞地將頭在柵門的欄杆間穿進穿出。她並不特別希望柵門打開。我說我發現德國很有趣：

「德國的政治和經濟情勢，」我即興發揮，用權威的教師聲音說，「比起其他歐洲國家都更有趣。」

「當然，除了俄國。」我嘗試性地補充道。

但希碧沒有反應，只是溫柔地笑著：

「我覺得你在這裡應該很無聊吧？你在柏林沒有很多朋友，對吧？」

＊此角說英文時常有文法錯誤，在此以中文錯誤替代，下文亦同。

這似乎引起了她的興致：

「你不認識一些好女孩嗎？」

此時內線電話鈴響了。帶著懶散的笑，她拿起話筒，但顯然沒有在聽其中傳出的細小語音。我可以清楚聽見伯恩斯坦夫人——希碧的母親——真正的聲音從隔壁房傳來。

「你把紅色本子丟在這裡了嗎？」希碧小姐嘲弄地複述，邊對著我笑，彷彿這是場一定要我參與的玩笑：「沒有，我沒看見。一定是在樓下書房。打給爸爸。對，他在那邊工作。」她作勢再拿一顆柳橙給我，我禮貌地搖搖頭，我們都笑了：「媽咪，我們今天中午吃什麼？是嗎？真的？太棒了！」

她掛上話筒，繼續盤問：

「你沒認識有好女孩嗎？」

「是沒有認識好女孩……」我語帶迴避地糾正她。但希碧小姐只是面帶微笑，等待著她問題的答案。

「認識一個。」我最後還是補充說，心裡想著柯斯特小姐。

「只有一個？」她漫畫般驚訝地揚起眉毛，「請告訴我，你覺得德國女孩不同英國女孩嗎？」

我紅了臉。「你覺得德國女孩不同……」我開始糾正她，話沒說完，突然發現自己也不完全確定是該說「不同於」還是「有所不同」比較好。

「你覺得德國女孩不同英國女孩嗎？」她重複問題，笑容裡帶著堅持。

我的臉更加通紅無比。「對，非常不同。」我大膽地說。

「怎樣不同？」

謝天謝地電話再度響起。是廚房的人打來，說午餐會比平常提早一小時。伯恩斯坦先生當天下午要進城。

「很抱歉，」希碧小姐起身說，「但我們今天得到此為止了。星期五互見吧？那麼拜拜囉，伊薛伍德先生。我非常感謝你。」

她在包包中摸索了一陣，交給我一個信封，我彆扭地塞進口袋裡，等走到看不見伯恩斯坦家時才打開。裡面是一張五馬克的鈔票。我把鈔票拋向空中，消失無蹤，找了五分鐘才在沙土裡找到，然後我一路跑向電車站，沿途邊唱歌邊踢著路邊的石頭。我感覺格外有罪惡感卻又得意洋洋，好似剛成功地犯下一宗小竊行。

就連假裝要教希碧小姐一點什麼，也只是白費時間。如果她不知道某個字，就用德文說。如果我糾正她，她就用德文複述。她這麼懶散我當然樂得輕鬆，就怕伯恩斯坦夫人發現她女兒一直沒什麼進步。但這不太可能。多數有錢人，一旦決定要完全信任你，就可以死心塌地到極點。要做家教真正的問題只有該如何踏進大門。

至於希碧，她似乎很享受我的來訪。前幾天從她說的一些話中，我猜想她對學校的朋友吹噓有一個真正的英國老師。我們很能互相理解。我接受水果的賄賂，不要對英語課感到厭煩；而她呢，則告訴父母我是她碰過最好的老師。我們用德文閒聊她感興趣的事，每隔三四分鐘就會被打斷，她跑去參與這個家庭的遊戲：用內線電話交換完全不重要的訊息。

希碧從不擔心未來。跟柏林所有人一樣，她不斷提及政治情勢，但只是很簡短地，還帶著慣有的憂愁，一如人們談及宗教。這些對她來說很不真實。她打算去念大學，四處旅遊，好好快活一陣子，最終當然要嫁人。她已經有為數不少的男朋友了，我們花了很多時間聊他們。其中一位有輛好車，另一位有架飛機，一位為她決鬥過七場，還有一位發現了在某個點巧妙一踢就能讓路燈熄滅的秘訣。某個夜晚，從舞會返家的途中，希碧和他把社區所有的路燈全都弄熄了。

今天伯恩斯坦家的午餐吃得早，所以我也受邀，不需「教課」。全家人都出席了：伯恩斯坦夫人，豐腴、溫和；伯恩斯坦先生，矮小、侷促、狡黠。還有一個年幼的妹妹，十二歲的學生，非常胖。她吃了又吃，對希碧脫口而出的嘲笑或警告無動於衷。他們似乎都非常喜歡彼此，以一種他們自以為愜意的方式。餐桌上發生了一點家庭紛爭，伯恩斯坦先生不希望妻子下午開車去購物。過去幾天，城中發生了許多納粹騷亂。

「你可以搭電車去，」伯恩斯坦先生說，「我不會讓他們對我漂亮的車子扔石頭。」

「要是他們向我扔石頭呢？」伯恩斯坦太太好脾氣地問。

「噯，那有什麼關係？如果他們向你扔石頭，我會買膠布給你貼，那只會花我五格羅申*。但要是他們向我的車扔石頭，那可能要花我五百馬克。」

於是紛爭就這麼平息了。接著伯恩斯坦先生將注意力轉向我：

「你不會抱怨我們這裡對你不好吧，年輕人？我們不只為你準備了豐盛的晚餐，還付錢請你吃耶！」

我從希碧的表情中看出，即使以伯恩斯坦家的幽默感而言，這都有點過分了；於是我笑著說：

* 奧地利的貨幣單位。

「我每吃一份，你可以多付我一馬克嗎？」

這逗得伯恩斯坦先生大樂，但仍小心地表露：他知道我不是認真的。

過去一週，我們的公寓陷入激烈紛爭。事情的開端是柯斯特小姐跑來找施洛德女士，宣稱她房裡有五十馬克被偷了。她非常氣憤，更何況，她解釋道，這是她另外存放，準備拿來交房租和電話費的錢。五十馬克的紙鈔一直都躺在柯斯特小姐房門邊櫃子的抽屜裡。

施洛德女士也無可厚非地馬上聯想，錢是被柯斯特小姐的恩客之一偷走的。柯斯特小姐說這不太可能，因為過去三天沒人來拜訪過她。此外，她補充，她的朋友們絕對不可能有嫌疑，他們都是經濟寬裕的紳士，區區五十馬克對他們來說根本不在眼裡。這真惹惱了施洛德夫人：

「我猜她是想指控我們其中之一偷的囉！真是不要臉！哎，伊希烏先生，你相不相信，我差點要把她大卸八塊！」

「相信，施洛德女士，我相信你做得到。」

然後施洛德女士發展出一個推論，錢根本沒有被偷，這只是柯斯特小姐不想交房租的技倆。她一再跟柯斯特小姐暗示這點，讓她火冒三丈。柯斯特小姐說，無論如何，這些錢她幾天就能賺到。

而她也已經做到了，並預先告知月底就會搬離。

在此同時，相當偶然地，我發現柯斯特小姐和巴比的關係非比尋常。某天晚上我進房時，碰巧注意到柯斯特小姐的房間沒有燈光。能看出來是因為她的門上有片毛玻璃鑲板，用以增加走廊的照明。稍後，當我躺在床上閱讀時，聽見柯斯特小姐的門開啟，傳來巴比的笑聲和低語聲。一陣木板咯吱聲和隱約的笑聲過後，巴比躡手躡腳走出公寓，在身後盡可能安靜地關上大門。一會兒之後，他噪音大作地重新進屋，直接走進客廳，我聽見他跟施洛德女士道晚安。

就算施洛德女士不知實情，也至少心存懷疑。這解釋了她對柯斯特小姐的滿腔怒火：事實是，她極其善妒。最可笑尷尬的事件不斷發生。某天早晨，我想用浴室時，柯斯特小姐已經在裡面了。我還來不及阻止，施洛德女士就已衝到浴室門前，命令柯斯特小姐馬上出來。柯斯特小姐自然不聽從，於是不顧我的勸阻，施洛德女士開始用拳頭猛敲浴室門。「滾出我的浴室！」她吼著，「馬上給我出來，不然我就叫警察把你拖出來！」

接著她突然哭了起來。哭泣引發了心悸，巴比得將邊嗚咽邊喘氣的她攙扶到沙發上。當我們全都手足無措地站在她身邊時，麥爾小姐出現在門邊，一副劊子手的表情，用嚇人的聲音對柯斯特小姐說：「她沒被你害死的話，算你走運，小姐！」然後她接手掌控整個局面，命令我們全都離開房內，並派我去樓下雜貨店買纈草精油。我回來時，她正坐在沙發邊，輕撫著施洛德女士的手，以她最悲情的語調喃喃地說：「麗娜，我可憐的孩子……他們對你做了什麼？」

莎莉鮑爾斯

十月初，一天下午，我被邀請到弗里茨溫德的公寓喝杯黑咖啡。弗里茨總是請人去喝杯「黑咖啡」，特別強調黑。他對自己的咖啡很自豪。人們曾說那是柏林最濃的咖啡。

弗里茨穿著他慣常的咖啡派對服裝——非常厚的白色帆船衫和非常薄的藍色法蘭絨褲，用他那豐滿性感的笑容迎接我：

「喲，克里斯！」

「哈囉，弗里茨，你好嗎？」

「好。」他朝咖啡機彎下身，油亮的黑髮從頭皮上揚起，跟眼睛上方一綹灑了濃厚香水的瀏海匯攏。「這鬼玩意兒就是不動。」他補充道。

「生意如何？」我問。

「爛透了，」弗里茨笑容滿面，「我是下個月談成新訂單，就是去做舞男。」

「不是……就是……」我糾正他，職業病作祟。

「我現在一口爛英語，」弗里茨慢條斯理說，頗為自得，「莎莉說她或許會給我上幾堂課。」

「莎莉是誰？」

「喔，我忘了，你不認識莎莉。我的錯。總之，她今天下午會來。」

「她人好嗎？」

弗里茨轉著下流的黑眼珠，從別緻的錫罐中拿了根蘭姆味的菸給我：

「好——極了！」他拉長聲調，「總之，我為她瘋狂。」

「她是什麼人？做什麼的？」

「她是個英國女孩，一個演員：在溫德米爾夫人俱樂部唱歌——惹火尤物，相信我！」

「我得說，這聽起來不太像英國女孩。」

「總之，她有點法國血統，她母親是法國人。」

幾分鐘後，莎莉本人抵達。

「我遲到很久嗎，親愛的弗里茨？」

「只有半小時吧。」弗里茨慢聲慢氣地說，臉上堆著他獨有的愉快笑容，「容我介紹，這位是伊薛伍德先生，這位是鮑爾斯小姐。大家通常都直接叫伊薛伍德先生克里斯。」

「才不，」我說，「活這麼久大概就只有弗里茨叫我克里斯。」

莎莉笑了。她穿著黑絲綢服，肩上圍了小披肩，頭的一側時髦地戴著一頂類似侍應生的小帽。

「可以讓我借用一下電話嗎，寶貝？」

「當然，儘管用。」弗里茨朝我示意，「到另一個房間來，克里斯，我有東西給你看。」他顯然急於聽聽我對莎莉——他的新獵物——的第一印象。

「拜託喔，別留我跟這男人單獨講話！」她高聲說，「不然他會用電話引誘我。他這人熱情無比。」

她撥電話時，我發現她的指甲塗成了翠綠色，很不幸的選擇，因為那讓她的手更加惹人注目，而那手久經煙燻，跟小女孩一樣髒兮兮的。她的膚色深得可以做弗里茨的姐妹。臉又瘦又長，粉撲得死白。有雙棕色大眼，眼珠顏色應該再深一點，才能配她的頭髮及所用的眉筆。

「喂，」她輕聲細語，噘起漂亮的櫻桃小嘴，彷彿要親吻話筒：「是你嗎，我親愛的？」她張嘴綻露甜美傻氣的笑容。弗里茨和我坐在一旁看著她，像是在劇院裡看一齣戲。「我們明晚要做什麼？喔，好極了……不、不，今晚我會留在家裡。對、對，我真的會待在家……那再見囉，親愛的……」

她掛上電話，得意洋洋地轉向我們。

「那是我昨晚睡的男人，」她宣布道，「他做愛的功夫真不得了。還是個生意上的天才，而且非常有錢——」她走到沙發邊，在弗里茨身旁坐下，嘆了口氣，身子沉入靠墊中，「給我點咖啡，好嗎寶貝？我快渴死了。」

我們很快就進入弗里茨最愛的話題：他將其發音為「唉」。

「平均而言，」他對我們說，「我每兩年就陷入一段熱戀。」

「那你上一段戀情到現在多久了？」莎莉問。

「正好一年十一個月！」弗里茨用他最下流的眼神瞥了她一眼。

「妙啊！」莎莉皺起鼻子，發出一聲登台演出時銀鈴般的輕笑。「務必告訴我，上段戀情的來龍去脈是怎樣？」

這理所當然讓弗里茨開始侃侃而談一生經歷。我們聽了他在巴黎的誘惑行動，拉斯帕爾馬斯的假日豔遇細節，紐約的四段重要羅曼史，芝加哥的一段不堪回憶，以及波士頓的一場征服；然後再回到巴黎做了點消遣，在維也納有段美麗插曲，前往倫敦尋求慰藉，最後，來到了柏林。

「你知道嗎，弗里茨寶貝，」莎莉說，皺著鼻轉向我，「我相信你的問題是從來沒找到對的女人。」

「或許正是如此——」弗里茨認真地看待這個想法。他的黑眼珠變得水汪汪又多愁善感：「或許我仍在尋找理想中的……」

「但你總有一天會找到的，我百分之百確定。」莎莉使了個眼色，將我納入嘲笑弗里茨的遊戲之中。

「你這麼認為？」弗里茨展著肉慾的笑容，不斷對她放電。

「你不這麼認為嗎？」莎莉求助於我。

「我肯定不知道，」我說，「因為我從未發現弗里茨理想中的女性是什麼樣？」出於某些原因，這回答似乎很合弗里茨的意，他將之視為某種證言：「而克里斯是相當瞭解我的，」他插話，「如果克里斯都不知道，那我猜沒人會知道了。」

接著，莎莉該走了。

「我跟人約了五點在阿德龍飯店碰面，」她解釋，「而現在已經六點了！無所謂，讓那老豬哥等等也好。他要我做他姘頭，但我跟他說除非幫我付清所有債務，否則別做夢了。為何男人總是這麼禽獸？」她打開包包，迅速替嘴唇和眉毛補妝，「喔，對了，弗里茨寶貝，可以行行好借我十馬克嗎？我連計程車錢都沒有。」

「當然沒問題！」弗里茨把手伸進口袋，毫不猶豫掏出錢，就像個英雄。

莎莉轉向我：「我說啊，你哪天能來跟我喝杯茶嗎？給我你的電話號碼，我會打給你。」

我猜她大概誤以為我很有錢。好吧，這正好給她個教訓，一勞永逸。我在她的皮革小本子上寫下電話號碼。弗里茨送她出門。

「好啦！」他蹦蹦跳跳跑回屋內，興奮地關上門，「你覺得她怎麼樣，克里斯？我不就跟你說她很標緻嗎？」

「你的確是這麼說！」

「我每一次見到她就更加為她瘋狂！」隨著一聲愉悅的嘆息，他幫自己點了根菸，「再來點咖啡嗎，克里斯？」

「不了，非常感謝。」

「你知道嗎，克里斯，我想她對你也有好感！」

「喔，鬼扯。」

「我說真的！」弗里茨似乎很高興，「總之從現在起，我們應該會常見到她！」

我回到施洛德女士的公寓後，感到暈眩不已，只好上床躺了半小時。弗里茨的黑咖啡還是一樣毒。

幾天後，他帶我去聽莎莉唱歌。

溫德米爾夫人俱樂部（我聽說現已不存）是間附庸風雅「不正經」的酒吧，就在陶恩沁大街附近。老闆顯然試圖讓該店盡可能看起來像是在巴黎的蒙帕那斯，牆上貼滿了被塗鴉的菜單、漫畫和劇場簽名照──（「獻給唯一的溫德米爾夫人」「給強尼，獻上我最誠摯的愛」）。戲迷本人的照片呢，則有真人四倍大，被高掛在吧檯上方。房內正中央的舞台上有一架大鋼琴。

我很好奇想看看莎莉的表現。出於某些原因，我想像過她會有點緊張，但她一點都沒有。她的聲音出人意料的低沉沙啞。她唱得很糟，沒有情感可言，雙手垂在身體兩側──然而她的演出以自己獨特的方式，依然讓人印象深刻，這皆源於她驚人的外貌和對他人想法不屑一顧的神態。她雙臂漫不經心、軟弱無力地垂掛著，臉上一副聽不聽隨你的笑容，唱道：

現在我知道為何母親
告訴我要真誠；
是為了讓我遇見某個
如你這般的人。

掌聲相當熱烈。鋼琴師是一名有著波浪金髮的年輕俊男，起身莊重地親吻莎莉的手。接著她又唱了兩首歌，一首是法文，另一首是德文。這兩首的反應就不如之前。

唱完後，又是更多的吻手禮，人也逐步往吧檯移動。莎莉似乎認識在場每一個人，全都直呼他們親愛的和寶貝。就一心放蕩拜金的女人而言，她似乎驚人地缺乏生意直覺和智慧。她浪費了大把時間在勾引一名年長男士，而那男士顯然寧願跟酒保聊聊。稍後，我們全都有點醉了。接著莎莉得趕赴另一個約，經理也坐到我們這桌來，跟弗里茨談論起英國的貴族。弗里茨在此是如魚得水。如同往昔，我又一次決定，再也不要踏進這種地方。

然後莎莉來電，正如她承諾過的，邀我去喝杯茶。

她住在選帝侯大街最乏味的尾端，通往瀚藍斯湖的地方。一位肥胖邋遢，臉頰像蟾蜍般鬆垮下垂的女房東，領我進入一間只佈置了一半的陰暗大房。角落有張壞了的沙發，及一幅褪色的十八世紀戰場畫，畫中傷者姿態優雅地倚著手肘，正欣賞腓特烈大帝的坐騎騰躍。

「喔，哈囉，克里斯寶貝！」莎莉在門邊喊道，「你能來真是太好了！我正寂寞得不得了，一直在考夫太太懷裡哭泣。**沒錯吧，考夫太太？**」她尋求蟾蜍女房東的背書，「**我是不是在你懷裡哭泣？**」考夫太太晃著胸部，像蟾蜍般咯咯地笑。

「你想喝咖啡嗎，克里斯？還是茶？」莎莉繼續說，「你要哪種都行，只是我不太推薦茶。我不知道考夫太太做了什麼；我想她大概是把廚房所有的汙水都集中在一個壺裡，然後放茶葉下去煮吧。」

「那我就喝咖啡吧。」

「**親愛的考夫太太，能請你行行好，煮兩杯咖啡來嗎？**」莎莉的德文不僅錯誤百出，更自成一格，每一個字的發音都要裝腔作勢，一副外國人的樣子。光從表情就可以看出她是在講外語。「克里斯寶貝，你能行行好把窗簾拉上嗎？」

我照做了，儘管外面天色還很明亮。同時，莎莉打開桌燈。我從窗前轉身時，她像隻貓般優雅地蜷曲在沙發上，並打開皮包，摸索著香菸。但姿勢還沒擺完，她又跳了起來：

「要來杯醒酒生蛋*嗎？」她從盥洗台下的腳櫃中拿出玻璃杯、雞蛋和一瓶沃斯特辣醬：「我幾乎是靠這個過活的。」她巧妙地將蛋打進杯中，加入辣醬，再用鋼筆尾端攪拌，「我也就只能喝得

*用生蛋、沃斯特郡辣醬油、辣醬、鹽和胡椒製成的一種飲料，用於緩解宿醉或打嗝。

起這個了。」然後再次回到沙發上，優美地蜷曲起來。

她今天穿著相同的黑色洋裝，但沒有加披肩，而是添了白色小圍領與袖口，產生一種戲劇化的清純樸實感，彷彿是歌劇中的一名修女。「你在笑什麼，克里斯？」她問。

「我不知道。」我說，但仍止不住竊笑。在那一刻，莎莉的外貌實在有某些格外滑稽之處。她非常漂亮，嬌小烏黑的頭、一雙大眼睛、及弧度優美的鼻子——而她對自己的美貌自覺到一種誇張的程度。她坐臥在那裡，像隻斑鳩似的悠然自得，頭不自然地平衡著，雙手講究地安置一旁。

「克里斯，你這下流胚，告訴我你在笑什麼？」

「我也搞不清楚。」

聽到這話，她也開始笑了：「你真是瘋了耶！」

「你在這裡住很久了嗎？」我邊問邊環顧陰暗的大房間。

「從我抵達柏林開始就住這兒了，我想想——那大概是兩個月前。」

我問她究竟為什麼要離鄉背井來到德國，她是一個人來的嗎？不是，她跟一個女性朋友一起來的，一個演員，比莎莉年長。那女孩曾經來過柏林。她跟莎莉說她們肯定能在烏法電影公司（UFA-Universum Film AG）找到工作。於是莎莉向一位好心的老紳士借了十英鎊，與那位朋友一同動身。

直到她們倆抵達德國前，她的父母完全被蒙在鼓裡：「我真希望你認識黛安娜。她是最厲害的拜金女，你肯定無法想像。她在哪裡都能釣到男人——能不能說他們的語言根本無所謂。她這人真是笑死人，我愛死她了。」

但她們在柏林待了三週，還沒有工作上門，黛安娜就釣到了一個銀行家，帶著她遠走高飛到巴黎去了。

「把你一個人丟在這裡？我得說她這人未免也太惡劣了。」

「唉，我不知道……每個人都得為自己著想。我猜換作我是她，大概也會做出一樣的事。」

「我敢說你不會！」

「無論如何，我很好。我向來都可以一個人過得很好。」

「你多大年紀，莎莉？」

「十九歲。」

「老天爺！我一直以為你是二十五歲左右！」

「我知道，每個人都這麼覺得。」

考夫太太用一個黯淡無光的托盤端著兩杯咖啡，拖著腳步走進房內。

「喔，親愛的考夫太太，你真好！」

「你為何還住這裡？」房東太太離開房間後我問，「我相信你可以找到比這好得多的房子。」

「我知道可以。」

「既然如此，那為何不搬？」

「唉，我不知道。懶吧，我猜。」

「這裡你要付多少租金？」

「一個月八十馬克。」

「包含早餐嗎？」

「沒有——應該沒有吧。」

「應該？」我驚呼，「怎麼樣都應該要確定吧？」

莎莉無意反駁：「對，我想這樣是挺笨的。但是呢，我手頭有錢就會交給老太太，所以很難計算得一清二楚。」

「但是，天啊，莎莉——我的房間一個月才五十塊，還附早餐，而且比這間好多了！」

莎莉點頭，但帶著歉意繼續說：「另一個問題是，克里斯寶貝，如果我離開，不知道考夫太太該怎麼辦。我相信她找不到別的房客了，沒有其他人能忍受她那張臉，她身上那味道，以及所有的一切。事實上，她欠屋主三個月房租。如果被發現沒有房客，馬上會被趕出去的。如果被趕出去，她說她會去自殺。」

「即便如此，我還是不懂為何要為了她犧牲你自己。」

「我沒有犧牲自己，真的。我挺喜歡住這裡。考夫太太和我彼此體諒。她多多少少就是三十年後的我。那種正派的女房東大概一個禮拜就會把我轟出門了。」

「我的房東不會把你轟出門。」

她淺淺一笑，擤了擤鼻子：「你的咖啡要怎麼喝，克里斯寶貝？」

「只要不是弗里茨式的喝法就好。」我含糊地說。

莎莉笑了：「弗里茨很妙吧？我愛死他了。我最喜歡他說『干我屁事』的樣子。」

「他媽的干我屁事。」我試著模仿弗里茨。我們倆都笑了。莎莉點起另一支菸：她整天都在抽菸。我注意到她的手在燈光下顯得有多蒼老，神經緊張、血管暴露、纖瘦異常——根本是中年婦女的手。綠色指甲似乎完全不屬於手的一部分，只是機緣巧合落在這雙手上——簡直像堅硬、鮮亮、醜陋的小甲蟲。「說起來有趣，」她若有所思地說，「你知道嗎，弗里茨和我從來沒有上過床。」

她頓了一下，饒富興味地問，「你之前覺得我們有嗎？」

「這個嘛，有——我大概覺得有吧。」

「我們沒有。一次也沒有……」她打了個呵欠。「現在呢，我也不認為我們會上床了。」

我們默默抽了幾分鐘菸，然後莎莉開始對我陳述她的家庭。她父親是蘭開夏一間磨坊的老闆，母親是鮑爾斯大小姐，一名貴族後裔。是故，當傑克森先生和她聯姻時，冠上了她的姓；「爸爸是個勢利鬼，雖然他裝作一副不是的樣子。我的真名是莎莉傑克森鮑爾斯；當然，我在舞台上不可能叫這種名字，人們會以為我瘋了。」

「我記得弗里茨跟我說你的母親是法國人？」

「才不是！」莎莉似乎很不悅，「弗里茨是白癡，老是胡言亂語。」

莎莉有個妹妹，名叫貝蒂。「她真是個天使。我愛死她了。她十七歲了，但仍然天真無邪得要命。媽咪把她教養成了一個大家閨秀。貝蒂要是知道我多麼花天酒地會嚇死的。她對男人完全一無所知。」

「那你為何沒有成為大家閨秀，莎莉？」

「我不知道，我猜是受爸爸那邊的血統影響。你會喜歡我爸的。他誰都不在乎，是最棒的生意人。而他差不多每個月都會喝個爛醉一次，把我媽那些時髦的朋友嚇個半死。也是他同意我到倫敦學表演的。」

「你一定很年輕就離開學校了吧？」

「對，我受不了學校，我讓自己被退學了。」

「你怎麼做到的？」

「我告訴女校長我懷孕了。」

「喔，少來莎莉，不會吧！」

「我說真的！這可是掀起喧然大波，他們找了醫生來檢驗我，還通知我父母親。當他們發現什麼都沒有時，失望極了。女校長說一個能想出這種下流事的女孩子，是不可能被容許繼續待在學校汙染其他女孩的。於是我就如願了。然後纏著我爸直到他同意我去倫敦。」

她在倫敦一間旅店落腳，與其他女學生同住。儘管有門房管理，她還是有辦法在年輕男子的房間度過大多數的夜晚：「第一個勾引我的男人完全不知道我是處女，還是我事後告訴他的。他非常棒，我愛死他了。他在喜劇方面真的是個天才，將來有一天肯定會大紅大紫。」

一陣子之後，莎莉有機會在電影中跑龍套，最終得以在一個巡迴劇團中擔任一名小角色。然後她遇見了黛安娜。

「你在柏林還要待上多久？」我問。

「天曉得。溫德米爾夫人俱樂部這份工作只剩一星期。我是透過一個在伊甸酒吧認識的男人得到這工作，但他現在到維也納去了。我想我得再打個電話給烏法的人。而且啊，有個老到不行的猶太人偶爾會帶我出去。他老是保證要幫我弄張合約，但只是想跟我上床，那老豬哥。我覺得這國家的男人糟糕透了，沒一個有錢，還以為送一盒巧克力就能把你勾上手。」

「這份工作沒了之後，你要怎麼過活？」

「這個嘛，我家裡會給一些零用錢。不過那也持續不了多久，媽咪已經威脅如果我不趕快回英國，就會停掉……當然，他們以為我是跟一個女性朋友在這裡。如果媽咪知道我是一個人，她會當場昏過去。無論如何，我會盡快想辦法弄到足夠的錢過日子。我討厭拿他們的錢。爸爸的生意現在非常不好，不景氣的緣故。」

「我說啊，莎莉——如果你真的陷入困境，希望你能讓我知道。」

莎莉笑了：「你真是好心，克里斯，但我不會佔朋友的便宜。」

「弗里茨不是你的朋友嗎？」我脫口而出，但莎莉似乎一點也不在意。

「喔，是啊，我非常喜歡弗里茨，千真萬確。但他有大把鈔票。不知為何，當人有了錢，你對他的感覺就不同了——我不知道為什麼。」

「那你怎麼知道我就沒有大把鈔票？」

「你？」莎莉哈哈大笑，「哎，我一眼看到你就知道你是個窮光蛋了！」

下午莎莉來找我喝茶，施洛德女士興奮得難以自己。她為此換上最好的衣服，燙了頭髮。當門鈴響起，她手舞足蹈地敞開大門：「伊希烏先生，」她邊對我會心地眨眼，邊大聲宣告，「有位女士找你！」

接著我正式介紹莎莉跟施洛德女士認識。施洛德女士禮貌得不得了：不停稱呼莎莉「夫人」。莎莉的侍應生小帽垂掛在一耳旁，發出銀鈴般的笑聲，優雅地坐在沙發上。施洛德女士不斷打量著她，毫不掩飾她的仰慕跟驚奇。她顯然從沒見過莎莉這種人。當她端茶進來時，拖盤中原本放著一小塊黯淡無味的糕餅之處，現在擺滿了排成星形的果醬塔。我也注意到施洛德女士還提供了兩塊小紙巾，紙巾邊緣還打了洞好看起來像蕾絲。（稍晚我讚賞她的這些準備時，她跟我說之前每當上尉先生邀請未婚妻來喝茶，她總是會準備紙巾。「沒錯，伊希烏先生，你就交給我！我很清楚怎樣討年輕女士的歡心！」）

「你介意我躺在你的沙發上嗎，親愛的？」她一待我們獨處時就開口問。

「當然不介意。」

她脫去小帽，將絲絨小鞋翹上沙發，打開包包，開始補起妝：「累死我了。昨晚一點都沒睡。我找到一個棒得不得了的新愛人。」

我開始倒茶。莎莉斜著臉瞥了我一眼：

「我這樣說話嚇到你了嗎，克里斯多福寶貝？」

「一點也沒有。」

「但你不喜歡？」

「這不關我的事。」我將茶杯遞給她。

「哎，拜託行不行，」莎莉高聲說，「別一副英國人的德性！你怎麼想當然跟你有關。」

「既然這樣，如果你想知道，那讓我感到厭煩。」

這話比我預期的更讓她不悅。她的音調變了，冷冷地說：「我還以為你會瞭解。」她嘆了一口氣：「但我忘了——你是個男人。」

「很抱歉，莎莉。理所當然，我沒辦法不當個男人……但請不要對我生氣。我的意思只是當你那樣說話，說穿了只是出於神經緊張。你其實是有點害羞怕生的，我這麼認為：所以你每每用這種技倆嚇唬人，讓他們對你產生強烈的好感或反感。我很清楚，因為我自己有時也會做這種嘗試……我只希望你不要在我身上試，因為不會有用的，而且只會讓我感到尷尬。如果你跟柏林的每個男人上床，然後每一次都跑來告訴我，依然不會讓我相信你就是《茶花女》（La Dame aux Camélias）——因為，說真格的，你心知肚明，你不是。」

「不是……我想我不是——」莎莉小心地用一種置身事外的聲音說。她開始享受這段談話了。我成功地用了一種新的方式奉承她：「那我是什麼，說真的，克里斯多福寶貝？」

「你是傑克森鮑爾斯夫婦的女兒。」

莎莉啜了口茶：「對……我想我懂你的意思……或許你說的對……那你認為我應該放棄尋找愛人嗎？」

「當然不是。只要你確定自己真的樂在其中。」

「當然囉，」莎莉嚴肅地說，並稍作停頓，「我絕不會讓愛情妨礙工作。工作高於一切……但我不相信一個沒談過戀愛的女人能成為優秀的演員——」她突然住口：「你在笑什麼，克里斯？」

「我沒在笑。」

「你總是在笑我。你覺得我是最沒藥救的白癡嗎？」

「不，莎莉，我完全不覺得你是白癡。沒有錯，我是在笑。我喜歡的人常讓我不自覺想對他們笑。我不知道為什麼。」

「那你是真的喜歡我了，克里斯多福寶貝？」

「對，我當然喜歡你莎莉，不然你認為呢？」

「但你沒有愛上我吧？」

「沒有，我沒有愛上你。」

「我太高興了。打從頭一次見面，我就希望你會喜歡我。但我很高興你沒愛上我，因為，不知為何，我不可能愛上你——所以，如果你愛上我，一切就毀了。」

「這樣的話，那可真幸運了，對吧？」

「對，非常幸運……」莎莉吞吞吐吐，「有件事我要向你坦白，克里斯寶貝……我不確定你能否理解。」

「記住，我只是個男人，莎莉。」

莎莉笑著說：「這真是再愚蠢不過的小事了，但我很不希望你是從別人口中得知……你還記得吧，前幾天，你說弗里茨告訴你我母親是法國人？」

「對，我記得。」

「而我說是他胡言亂語對吧？其實，他沒有……是我這樣告訴他的。」

「但你究竟為何要這樣說？」

我們倆都開始笑。「天曉得，」莎莉說，「我想是為了要讓他印象深刻。」

「但有個法國母親有什麼好印象深刻的？」

「我有時會這樣瘋瘋的，克里斯。你務必得對我耐心點。」

「好，莎莉，我會耐心。」

「你還要用名譽發誓，絕對不會跟弗里茨說。」

「我發誓。」

「說了就是豬頭，」莎莉大聲說，邊笑邊從我的寫字桌上拿起一把裁紙刀，「我會割斷你的喉嚨！」

之後，我問施洛德女士她覺得莎莉怎麼樣。她喜不自勝：「簡直是畫中人，伊希烏先生！而且這麼優雅：如此漂亮的手和腳！一看就知道她是來自最上流的上會……你知道嗎，伊希烏先生，我萬萬沒料到你會有這種女性朋友！你老是這麼安靜……」

「這個嘛，施洛德女士，常常都是那些安靜的人會——」

她爆出慣有的尖銳笑聲，身軀在一雙短腿上前俯後仰：「說得對，伊希烏先生！說得對！」

除夕那天，莎莉搬到了施洛德女士這兒。

一切都在最後一刻安排妥當。莎莉在我不斷的警告下，疑心越來越旺盛，終於逮到考夫太太一次明顯的嚴重欺瞞，於是硬起心腸解除租約。她住進原本柯斯特小姐的房間。施洛德女士不用說，欣喜不已。

我們一起在家享用除夕大餐：有施洛德女士、麥爾小姐、莎莉、巴比和一名「三頭馬車」的調酒師同事，還有我。餐會很成功。巴比已經重獲歡心，大膽地在跟施洛德女士調情。麥爾小姐跟莎莉則像兩個藝術大師在對談，討論著英國樂廳作品的可能性。莎莉說了些驚人的謊言，像是在衛神劇院和倫敦大劇院登台的經過，而她自己顯然在當下也半信不疑。麥爾小姐不甘示弱，說到在慕尼黑興奮的學生用馬車載著她遊街的故事。順著話題，莎莉沒多久就說服麥爾小姐唱起民謠〈阿爾卑斯山，再會〉，曲調正好觸動了一杯紅酒和一瓶廉價白蘭地下肚的我，惹得我落下了幾滴男兒淚。我們全都齊聲唱和起副歌，以及結尾那震耳欲聾的一聲歡呼。然後莎莉唱起〈一如小男孩的多愁善感〉，歌聲情感豐沛，直入巴比同事的心坎，情不自禁要摟起她的腰，得賴巴比出面制止，嚴正提醒他該去上班了。

莎莉和我跟著他一同前往「三頭馬車」，在那裡遇見了弗里茨。跟在他身邊的是克勞斯林克，就是過去莎莉在溫德米爾夫人俱樂部演唱時，替她伴奏的年輕鋼琴師。稍晚，弗里茨和我兩人獨坐一角。弗里茨似乎有點憂鬱，但不肯告訴我為什麼。有些女孩在薄紗後面擺著古典人像的活影畫。店內有個大舞廳，每張桌上都有具交友電話。我們如往常一般跟人東拉西扯：「不好意思，女士，聽聲音我就能肯定你是個金髮美女，有著長長的黑睫毛——正是我喜歡的那一型。我怎麼知道的？啊哈，這是我的秘密！對——一點都沒錯：我高大、黝黑、肩膀寬闊、五官端正，還留著一點點小鬍子……你不相信我？那就自己過來瞧瞧！」男女們手撫著彼此的臀部跳舞，貼著彼此的臉嚷嚷，汗水淋漓。穿著巴伐利亞裝束的樂隊不時高聲呼喊，暢飲也揮灑著啤酒。那地方臭得像個動物園。之後，我想我單獨一人晃出了店，在紙幡帶形成的叢林中徘徊了好幾個小時。隔天早上，當我醒來時，滿床都是那些幡帶。

莎莉返家時我已經起床著裝好一陣子了。她直接走進我的房間，一臉倦容但喜上眉梢。

「哈囉，親愛的！現在幾點啦？」

「接近午餐時間了。」

「哇喔，真的嗎？太棒了！我正餓得半死。早餐只喝了杯咖啡，什麼也沒吃……」她特意稍作停頓，等著我的下一個問題。

「你去哪裡了？」我問。

「咦，寶貝，」她故作驚訝地張大眼睛，「我以為你知道呢！」

「我一點也不知道。」

「才怪！」

「真的，我不知道，莎莉。」

「喔，克里斯多福寶貝，你真是個大騙子！整件事很明顯就是你一手策畫的啊！你就那樣撇下弗里茨，他看起來火冒三丈！克勞斯和我快笑死了。」

她依然有點不自在。頭一次，我見到她臉紅了。

「你有菸嗎，克里斯？」

我遞了一根給她，點上火。她吹出一口長長的煙雲，慢慢踱到窗邊：

「我徹徹底底愛上他了。」

她轉過身，眉頭輕皺；橫過房間到沙發上，小心翼翼地蜷曲起身子，將手腳擺放至定位：「至少，我是這麼認為。」她補充道。

我禮貌地沉默了一段時間才開口問：「克勞斯也愛上你了嗎？」

「他愛死我了。」莎莉一派正經。她抽了幾分鐘菸：「他說第一次見面就對我一見鍾情，就在溫德米爾夫人俱樂部。但只要我們在一起工作，他就不敢開口。他怕會害我沒辦法繼續唱歌……他說，在遇見我之前，完全不知道女人的身體是如此美麗迷人的東西。他之前大概只有過三個女人，這一輩子……」

我點起一根菸。

「當然，克里斯，我不期望你真的理解……這非常難以解釋……」

「我知道很難解釋。」

「我四點還會再跟他碰面。」莎莉的語氣有點挑釁。

「這樣的話，你最好睡一下。我會請施洛德女士炒點蛋給你吃；或者我自己來，如果她還宿醉未醒的話。先上床吧，你可以在床上吃。」

「謝了，克里斯寶貝。你真是個天使。」莎莉打著呵欠說，「沒有你我該怎麼辦呢，我真不知道。」

自此之後，莎莉和克勞斯天天碰面。他們通常約在我們這兒；有一次，克勞斯還待了一整夜。施洛德女士沒對我說什麼，但我看得出來她有些吃驚。不是她不喜歡克勞斯：她覺得他很迷人。但她以為莎莉是屬於我的，看見我在一旁無動於衷讓她驚愕不已。不過，我相信，如果我對這段情事一無所知，如果莎莉真的在背地裡欺騙我，施洛德女士肯定會興味盎然地從旁協助這場陰謀。

在此同時，克勞斯和我互相都有點尷尬。當我們在樓梯間偶遇時，會冷淡地點點頭，如同敵人一般。

一月中左右，克勞斯突然去了英國。相當出人意料地，他得到了一個非常好的工作機會：為電影作配樂剪輯。他來道別的那天下午，公寓裡瀰漫著醫院外科室的氛圍，彷彿莎莉正在動一場危險的手術。施洛德女士和麥爾小姐坐在客廳打牌。而結果，施洛德女士稍晚跟我強調，再好不過了。

梅花八適時出現了三次。

隔天，莎莉蜷曲在她房間的沙發上一整天，腿上擱著鉛筆和紙。她在寫詩。怎麼樣都不肯讓我看。菸一根接一根，醒酒生蛋一杯接一杯，卻拒絕多吃幾口施洛德女士的煎蛋捲。

「我能幫你拿點什麼吃的進來嗎，莎莉？」

「不用了，謝謝，克里斯寶貝。我完全不想吃任何東西。我感覺神采奕奕，渾身輕飄飄，彷彿是個聖人什麼的。你不會瞭解這感覺有多美妙……要吃巧克力嗎，親愛的？克勞斯送了三盒給我。我再吃就要吐了。」

「謝謝。」

「我想我不可能嫁給他。這會毀了我們倆的職業生涯。你懂嗎，克里斯多福，他太愛我了，老把我留在身邊對他沒有好處。」

「等你們倆都成名了，或許會結婚。」

莎莉想了想：

「不……那會破壞一切的。我們會不停嘗試找回過去的自己，你懂我的意思吧。而我們兩個都已經不同了……他曾是如此純樸，就像神話中的牧神。他讓我感覺像個仙女，遠離塵囂，住在森林深處。」

克勞斯的第一封信準時抵達。之前我們全都焦急等待著；施洛德女士還特別早把我叫起來，告訴我信來了。或許她怕自己沒機會讀到那封信，想要仰賴我轉述內容。若是如此，她的擔憂毫無根據。莎莉不只把信展示給施洛德女士、麥爾小姐、巴比和我看，甚至在門房的老婆上樓來收租時，當面高聲讀了幾段。

從一開始，這信就在我嘴中留下不快的味道。整封信的語調既自我又有點高高在上。他說他不喜歡倫敦。在那兒感覺寂寞，食物不合胃口，而且片場的人對他缺乏體貼。他希望莎莉在身邊：她可以在很多方面幫助他。不過，既然人在英國了，他會試著好好把握。努力工作，多賺點錢；莎莉也該努力工作。工作可以提振她的精神，免於憂鬱。信的最後是各式各樣表達愛意的用語，用得有點太過流暢自然了。讀著這些，會讓人感覺：這種東西他寫過許多次了。

然而，莎莉欣喜不已。克勞斯的規勸深深刻在她腦海，她立即打電話給幾家電影公司、一間劇場經紀公司和半打她所謂「生意上」的舊識。沒有什麼具體結論產生倒是真的；但她接下來二十四個小時仍舊非常樂觀——她告訴我，就連她的夢，都滿是合約跟四位數的支票：「這感覺真是再美妙不過了，克里斯。我知道自己正大步向前，而且將成為全世界最棒的女演員。」

一天早晨，大約是一週後，我走進莎莉的房間，發現她手上握著一封信。我立刻就認出克勞斯的筆跡。

「早安，克里斯寶貝。」

「早安，莎莉。」

「睡得好嗎？」她的語調不自然地明快。

「還好，謝謝，你呢？」

「還過得去……鬼天氣，對吧？」

「是啊。」我走到窗邊往外瞧。的確是。

莎莉故作平常地笑道：「你知道這豬哥去了哪裡，做了什麼嗎？」

「什麼豬哥？」我才不上鉤。

「哎，克里斯！拜託，別那麼呆行不行！」

「很抱歉，今早我的理解力恐怕有點遲鈍。」

「我沒精神解釋了，親愛的。」莎莉揚起信封。「拿去，唸出來好嗎？丟臉就丟到底！唸大聲點，我要聽聽看是什麼樣的聲音。」

「**我親愛的、可憐的孩子**，」信如此開頭。克勞斯稱呼莎莉他親愛可憐的孩子，依他解釋，是因為他害怕接下來要說的話會讓她非常不高興。儘管如此，他非說不可：他必須將自己做出的決定告訴她。請別認為這對他來說很容易：實際上非常艱難而且痛苦。不論如何，他知道自己是對的。簡單說，他們必須分手。

「我現在明白了，」克勞斯寫道，「我的行為很自私，只替自己著想。但現在我明白自己一定對你產生了壞影響。我親愛的小女孩，你對我太過迷戀了。如果我們繼續在一起，你很快就會失去自己的意志和心靈了。」克勞斯進一步建議莎莉為工作而活：「工作是唯一有意義的事，我自己這麼發現的。」他很擔心莎莉，希望她不要太過心煩意亂：「你一定要勇敢，莎莉，我可憐的寶貝孩子。」

就在信的最後，一切都真相大白：

「前幾天晚上我受邀參加克萊恩夫人家的晚宴，她是英國貴族的領袖。我在那兒認識了一位非常美麗聰慧的年輕英國女孩，戈爾艾克斯利小姐。她跟一位我不敢直呼名諱的英國侯爵有親戚關係——你大概知道我指的是誰。從那次之後，我們見過兩次面，無所不談，聊得很愉快。我從沒遇過如此心靈相通的女孩——」

「這倒新奇了，」莎莉一聲輕笑，語帶尖酸地插話：「我沒想過這孩子竟然還有心靈呢。」這時施洛德女士打斷了我們。她進來，邊嗅著八卦的味道，邊問莎莉要不要洗個澡。我趁機離去，留下她們倆好好暢所欲言。

「我沒辦法生傻瓜的氣，」當天稍晚，莎莉在房內來回踱步，猛吸著菸說道：「我只是像個母親般替他感到遺憾。他跪倒在這些女人的裙下，他的工作怎麼辦呢，我真不敢想像。」

她於房內再次轉身：

「我想如果他好好勾搭上另一個女人，而且偷偷摸摸好一陣子才跟我說，我會比較在意。但這女孩！什麼嘛，我想她連情婦都稱不上。」

「顯然如此，」我同意。「我說啊，來杯醒酒生蛋吧？」

「你真是太棒了，克里斯！你總是能想到最恰當的東西。真希望我能跟你談戀愛。克勞斯連你的小指頭都比不上。」

「我知道他比不上。」

「該死的渾蛋，」莎莉大口吞下辣醬，舔著上唇，高聲說道，「竟然說我迷戀他！……最糟糕的是，還說對了！」

那天晚上我走進她的房間，發現她面前擺著紙筆：

「我寫了大概一百萬封信給他，然後全都撕了。」

「這樣不好，莎莉，我們去看電影。」

「你說得對，克里斯寶貝。」莎莉用她小手巾的一角拭著雙眼：「於事無補，對吧？」

「一點用都沒有。」

「現在我最好成為一個偉大的女明星——給他好看！」

「就是這種精神！」

我們去了畢羅街一間小戲院，正在播的電影是關於一個女孩，為了偉大的愛情、家庭和孩子，犧牲了她的舞台生涯。我們笑得不可遏抑，以至於得在電影結束前離開。

「我現在感覺好多了。」離開戲院時莎莉說。

「我很高興。」

「或許，我終究沒有好好愛過他……你覺得呢？」

「我很難下論斷。」

「我常以為自己愛上了一個男人，結果又發現並沒有。但這一次，」莎莉語帶惆悵，「我原本真的感覺很篤定……但現在，不知怎麼地，一切似乎又有點搞不清楚了……」

「或許你是過於震驚，還沒恢復。」我建言。

莎莉非常喜歡這個想法：「你知道嗎，我想正是如此！……克里斯，你真的非常瞭解女人耶！遠勝過我所認識的任何男人……我相信有一天你將會寫出最棒的小說，輕輕鬆鬆賣出數百萬本。」

「多謝你相信我，莎莉！」

「你也相信我嗎，克里斯？」

「我當然相信。」

「你是說真的嗎？」

「這個嘛……我相當肯定你會在某件事上取得成功——只是我不確定會是什麼事……我是說，如果你願意嘗試，有這麼多事情你能做到，不是嗎？」

「我想是吧。」莎莉陷入沉思。「至少，我有時候感覺如此……而有時候，我又覺得自己真是一無是處……為什麼我連讓一個男人忠誠一個月都做不到。」

「喔，莎莉，別又老話重提了！」

「好吧，克里斯——我們不提這些，去喝一杯吧。」

接下來的幾週，莎莉和我幾乎整天膩在一起。蜷曲在昏暗大房間內的沙發上，她抽菸，喝醒酒生蛋，無止盡地談著未來。天氣好，而且我沒有課要教的時候，我們會散步到維騰堡廣場，坐在長椅上，沐浴著陽光，評論來往經過的人。每個人都會瞥一眼莎莉，盯著她淡黃色的貝雷帽，和老狗皮膚長癬似的破舊毛皮外套。

「我在想，」她很喜歡這麼說，「如果他們知道我們這兩個老流浪漢，將成為世上最傑出的小說家和最偉大的女演員，不知會做何感想。」

「他們大概會非常驚訝吧。」

「我想當我們開著賓士四處逛時，應該回首此時此刻，心想：畢竟，也不是這麼無趣嘛！」

「如果我們現在就有那台賓士，那就一點都不無趣了。」

我們不斷談論著財富、名聲、莎莉的大合約、我有一天將會寫出的暢銷鉅著。「我想，」莎莉說，「做一個小說家一定很棒。成天醉生夢死、不切實際、不守成規，人們自以為可以佔盡你的便宜，為所欲為——然後你坐下來，寫一本關於他們的書，公正地呈現他們全是多麼豬頭，而且大獲成功，還能賺一大筆錢。」

「我想我的問題是，我還不夠醉生夢死……」

「……要是能找到一個真正的有錢人做我的愛人就好了。我想想……一年三千塊就差不多了，還要有一間公寓，一輛像樣的車。現在，為了發財，我願意做任何事。只要有錢你就能堅持等待一份真正好的合約，用不著什麼提案都撲上去緊咬不放……當然，我會對那男人絕對忠誠——」

莎莉說這些話時非常認真，而且顯然由衷地相信。她處於一種奇特的精神狀態，焦躁不安，時常無緣無故大發雷霆。她不停說要找工作，但一點也沒有花力氣去找。不過，目前為止，她的零用錢還沒有停，而我們過得很簡樸，因為莎莉晚上不再想出門，甚至也不想見任何人。有一次，弗里茨來喝茶。稍後我留他們倆獨處，回房寫封信。我復返時弗里茨已離去，而莎莉流著淚。

「那男的真討人厭！」她啜泣，「我討厭他！真想殺了他！」

但過了幾分鐘她又恢復平靜。我照例開始調醒酒生蛋。莎莉蜷曲在沙發上，抽著菸陷入沉思：

「不知道，」她突然說，「我是不是懷孕了。」

「老天爺！」我的杯子差點脫手：「你真覺得懷孕了？」

「我不知道。對我來說很難確定：我太不規律了……我有時候會感覺噁心。八成是因為吃了什麼……」

「但不是去看看醫生比較好嗎？」

「喔，我想是吧。」莎莉無精打采地打著呵欠。「沒什麼好急的。」

「當然急！你明天就去看醫生！」

「聽著，克里斯，你以為你是誰啊，這樣發號施令？真希望我什麼也沒說過！」莎莉的淚水又要奪眶而出。

「好吧！好吧！」我急忙想安撫她，「你想怎樣就怎樣。不關我的事。」

「抱歉，親愛的，我不是故意要發脾氣。我明早會再看看感覺如何。或許終究還是會去看醫生的。」

不過她當然沒有去。隔天，她確實有生氣多了：「我們今晚出門吧，克里斯。我受夠這個房間了。我們去見識點真正的生活！」

「好主意，莎莉。你想去哪邊？」

「我們去『三頭馬車』跟那個大白癡巴比聊聊吧。或許他會請我們喝一杯——誰知道哩！」

巴比並沒有請我們喝酒；但這仍是一個好提議，因為我們就是在「三頭馬車」的吧檯跟克萊夫攀談了起來。

從那一刻開始，我們幾乎跟他形影不離；不是分別跟他在一起，就是三人同行。我一次也沒見他清醒過。克萊夫跟我們說他早餐前會喝半瓶威士忌，而我沒有理由不信。他常跟我們解釋為何喝那麼多——是因為他很不快樂。但是他為何那麼不快樂，我從不知道，因為莎莉老是插嘴說該出去了，或該去下一個地方了，或要來根菸，或再來杯威士忌。她喝的威士忌幾乎跟克萊夫一樣多。她似乎從沒因此真正醉過，但她的雙眼有時會變得很不堪，彷彿被煮過一樣。每一天，她臉上的妝似乎又更厚了一層。

克萊夫是個很高大的男人，有古羅馬式的英俊臉龐，正要開始發福。他身上有那種帶著悲傷、美國式的朦朧氣質，而這一向很迷人；在一個如此有錢的人身上更是加倍迷人。他神秘、多愁、帶點茫然：模模糊糊渴望著縱情享樂，卻不知道該怎麼著手。他似乎從來不確定自己是否真的對某件事樂在其中，我們在做的事又是否真的有趣。必須有人再三向他保證。這東西是真的嗎？這真的是最高潮了嗎？真的？沒錯，沒錯，當然是——太美妙了！太棒了！哈、哈、哈！他會如校園男孩般大笑，笑聲迴響，然後變得有點不自然，最後在語氣茫然的疑問中嘎然而止。沒有我們的扶持他一步也不敢多踏。不過，儘管他需要我們，我有時似乎仍會隱隱察覺一絲嘲弄從他臉上一閃而逝。他到底怎麼看待我們的？

每天早上，克萊夫會派一輛租來的車，接我們到他住的旅館。司機總是帶著一束美麗的鮮花，訂購自菩提樹大道上最貴的花店。有天早上，我有課要教，跟莎莉約好晚點再跟他們會合。抵達旅館的時候，我發現克萊夫和莎莉早已離開，飛到德勒斯登去了。克萊夫留了字條，忙不迭地道歉，並請我到旅館餐廳吃午餐，獨自一人，算他的賬。但我沒去，我怕看到領班那眼神。晚上，克萊夫和莎莉返回，克萊夫帶了禮物給我：一包六件絲質襯衫。「他本想送你黃金菸盒，」莎莉在我耳邊悄聲說，「但我跟他說襯衫比較好。你的襯衫都快差不多了……況且，我們目前得慢慢來。可不希望讓他認為我們是淘金客……」

我滿懷感激地收下了。不然還能怎麼辦？克萊夫徹底腐化了我們。據知他將提供資金幫助莎莉的演藝生涯起飛。他常提到這事，口氣一派輕鬆，彷彿這只是朋友間舉手之勞的小事，不勞費心。但只要一觸及這話題，他的注意力似乎就又飄走了——他的思緒就跟孩童一樣容易分散。我看得出來，有時莎莉要非常努力掩飾自己的不耐。「讓我們獨處一下，親愛的，」她會低聲跟我說，「克萊夫跟我要談公事。」但不管莎莉多有技巧地要導入正題，從來沒有真的成功。當我半小時後重新加入他們，會發現克萊夫正笑著啜飲威士忌；而莎莉也在笑，好隱藏她的熊熊怒火。

「我愛死他了。」每當我們獨處時，莎莉就會一而再，非常嚴肅地跟我說。莎莉熱切渴望要如此相信。這就像一個新出土的宗教信條：莎莉熱愛克萊夫。愛一個百萬富翁是很嚴肅的志業。那種修女臉上如癡如醉的誇張神情，開始越來越頻繁地在莎莉的面容上出現。也的確，當克萊夫帶著他迷人的茫然，拿出一張二十馬克鈔票，交給一個名目張膽的職業乞丐時，我們會互相交換由衷敬畏的眼神。白白糟蹋這麼一大筆錢對我們的衝擊有如天啟，有如神蹟。

某天下午，克萊夫似乎比平常更接近清醒狀態。他開始做計劃。幾天後我們三人將一同離開柏林，永不回來。東方特快車會帶我們到雅典；再從那裡飛往埃及；從埃及到馬賽；從馬賽搭船到南美洲；然後是大溪地、新加坡、日本。克萊夫唸著這些地名，就像在唸萬湖鐵路沿線的車站一般。不言可喻：他全都去過了。這些地方他全都熟悉。他百無聊賴的平淡口吻逐漸為這荒謬的談話注入了現實感。畢竟，他真做得到。我開始認真相信他不是鬧著玩的。他只要動動些許財富，就能全盤改變我們的人生。

我們會變成什麼樣呢？一旦啟程，就沒有回頭路了。我們將永遠離不開他。莎莉呢，當然會嫁給他。而我則會身居一個模稜兩可的位置：某種沒有職責的私人秘書。閃過眼前的畫面中，我看到十年後的自己，身著法蘭絨褲和黑白皮鞋，下巴多了幾層肉，兩眼有點無神，在加州一間旅館的酒吧為自己斟酒。

「快來瞧一眼喪禮。」克萊夫說。

「什麼喪禮，寶貝？」莎莉耐心地問。這樣轉移話題還是頭一遭。

「什麼，你們沒發現！」克萊夫笑了。「這真是最講究的喪禮了。過去一個小時隊伍都在樓下經過。」

我們三人都來到克萊夫房間的陽台上。的確，樓下街道擠滿了人，正在替赫曼穆勒（Hermann Müller）送葬。成列臉色蒼白肅穆的職員、政府官員、工會幹事——整個單調乏味的普魯士社會民主大隊——魚貫從他們的橫幅標語下穿過，朝著布蘭登堡門若隱若現的懸拱而去，其上有黑色長幡在傍晚的微風中緩緩曳動。

「嘿，這傢伙到底是誰啊？」克萊夫俯瞰著下方問道。「我猜肯定是個大人物。」

「天曉得，」莎莉打著呵欠回答。「瞧，克萊夫寶貝，這夕陽可真美，不是嗎？」

她說的沒錯。下面那些德國人，或是遊行隊伍，或是棺材裡的死人，或是橫幅上的標語，都跟我們毫不相干。我心想，幾天後，我們將跟世上百分之九十九的人，跟那些努力維生，穩定度日，為子女的未來焦慮不已的男男女女們，失去所有聯繫跟關係了。或許在中古世紀，當人們相信已經將靈魂賣給惡魔時，也會有這種感覺。這是一種奇特、振奮、並不惱人的刺激感：但同時，我也感到有些害怕。我對自己說，好呀，我終於辦到了。我迷失了。

隔天早上，我們循平常時間來到旅館。我感覺，門房看著我們的眼神有點古怪。

「請問您找哪位，女士？」

這問題聽起來太離奇，惹得我們都笑了。

「當然是三六五號房呀，」莎莉回答，「不然你以為是找誰？你現在還不認得我們嗎？」

「恐怕您得請回了，女士。三六五號房的先生今天一大早就離開了。」

「離開？你是說他今天不在？這可奇了！他什麼時候會回來？」

「他沒提過要回來，女士。他前往布達佩斯去了。」

正當我們站在那兒瞪著他時，一名服務生拿著紙條迅速跑來。

「親愛的莎莉和克里斯，」上面寫道，「我沒辦法在這鬼城市再待下去，所以先閃了。望來日再會，克萊夫。」

「（這些是以防我忘了什麼）」

信封裡是三百馬克的鈔票。這些錢、凋謝的花、莎莉的四雙鞋和兩頂帽子（德勒斯登買的）、還有我的六件襯衫，這些就是我們從克萊夫身上得到的全部資產。起初，莎莉非常憤怒。然後我們倆都開始笑了起來：

「克里斯，看來我們做淘金客不怎麼在行嘛，是吧，寶貝？」

我們花了近一整天，討論克萊夫的不告而別是不是預謀的詭計。我傾向認為不是。我猜想他大概都用同樣的方式從每個新城鎮，每夥新朋友中離去。我同情他，非常同情。

接下來的問題是，該怎麼處理這筆錢。莎莉決定留下兩百五十馬克買些新衣服，另外五十馬克當晚就花光光。

但揮霍五十馬克並沒有我們想像中有趣。莎莉感到不舒服，沒辦法享用我們點的美味晚餐。我們倆都很鬱悶。

「你知道嗎，克里斯，我開始覺得男人終究會離開我。我越去想，越想起那些離我而去的男人們。好恐怖，真的。」

「我永遠不會離開你，莎莉。」

「你不會嗎，寶貝？……但說真的，我相信我是某種『夢想中的女人』，你懂吧。我是那種可以讓男人拋妻棄子的女人，但我沒辦法長久保有任何人。因為我是那種每個男人在想像中渴望的類型，直到他得到了我；然後才發現其實他並不真的渴望。」

「但你寧可如此，也不要做心地善良的醜小鴨吧？」

「……想到我對克萊夫那態度，我真想踢自己一腳。我真不該那樣拿錢的事去騷擾他。我猜他一定覺得我只是個普通的小賤人，跟其他人沒兩樣。而我是真的愛他——某種程度上……如果我嫁給他，我會讓他成為真正的男人。我會讓他戒酒。」

「你還真是他的好榜樣。」

我們都笑了。

「那老豬頭至少可以留張像樣的支票給我啊。」

「算了，親愛的。金龜婿多得是。」

「我不在乎，」莎莉說，「我厭倦做個妓女了。我絕對不再正眼看有錢的男人。」

第二天早上，莎莉感覺很不舒服。我們都歸因於昨晚的酒。她整個早晨都待在床上，結果從床上起身時還昏倒了。我要她即刻去看醫生，但她不肯。午茶時分，她又昏倒了，臉色奇差無比，於是施洛德女士和我未徵求她同意就請了醫生來。

醫生來了之後，待了很長一段時間。施洛德女士和我坐在客廳，等著他的診斷。但出乎我們意料，他突然急急忙忙離開了公寓，連到客廳跟我們道聲午安都沒有。我立刻進了莎莉的房間。莎莉端坐在床上，臉上掛著有點僵硬的微笑：

「克里斯多福寶貝，我成了天字第一號大傻瓜了。」

「什麼意思？」

莎莉試著擺出笑容：

「他說我要生孩子了。」

「我的老天爺！」

「別這麼驚慌，寶貝！我多多少少也猜到會有這種事。」

「我猜是克勞斯的吧？」

「對。」

「你打算怎麼辦？」

「當然不會生下來囉。」莎莉伸手拿菸。我呆坐盯著腳下的鞋。

「醫生會不會……」

「不，他不會。我直截了當問他，他嚇壞了。我說：『親愛的老兄，要是生下這不幸的孩子，你覺得他會怎麼樣？我看起來會像是個好母親嗎？』」

「然後他怎麼說？」

「他似乎覺得根本想都不用想。他唯一在乎的是他的職業聲譽。」

「既然如此，我們就得找個沒有職業聲譽的了。」

「我覺得，」莎莉說，「我們最好問問施洛德女士。」

於是我們去找施洛德女士商量。她應對得很好：受到驚嚇，但極其實際。沒錯，她有管道。一個朋友的朋友的朋友曾碰過這種困難。幫忙的是完全合格的醫生，確實非常聰明。唯一的問題是，可能所費不貲。

「謝天謝地，」莎莉插話，「幸好我們沒有把那豬頭克萊夫的錢都花完！」

「我得說，我覺得克勞斯應該——」

「聽好，克里斯，我只說那麼一次：如果我發現你為這事寫信給克勞斯，我永遠不會原諒你，也永遠不會再跟你說話！」

「好吧……我不會的。只是建議一下而已。」

我不喜歡那醫生。他不斷對莎莉的手臂又摸又捏，撫弄著她的手。然而，他似乎是這工作的不二人選。等到一有空位，莎莉將住進他的私人療養院。一切都光明正大，符合規定。短小精悍的醫生用幾句冠冕堂皇的話，就把那最後一絲犯法的罪惡感驅散一空。他解釋，莎莉的健康狀態，使她不可能承受分娩的風險：這將會有診斷證明作依據。不用說，證明需要花一大筆錢。療養院和手術本身亦是。醫生要求兩百五十馬克現金，收到錢才會著手安排一切事宜。最後，我們殺價到兩百。莎莉稍後跟我解釋，她需要剩下的五十塊來買幾件新睡袍。

終於，春天降臨。咖啡店在人行道上鋪搭起木頭平台，滾著彩虹輪子的冰淇淋車也開張了。我們駕著敞篷出租車前往療養院。因為美好的天氣，莎莉比我過去幾週見到的都要有精神。但施洛德女士則不然，雖然想強作笑容，淚水仍在眼眶打轉。「希望醫生不是個猶太人吧？」麥爾小姐嚴厲地問我。「你可別讓那些下流的猶太人碰她。他們成天就想做這種工作，那些禽獸！」

莎莉有個好房間，明亮乾淨，還有陽台。我晚上再次去探望。她沒化妝躺在床上，看上去年輕了幾歲，像個小女孩。

「哈囉，親愛的……你瞧，他們還沒殺死我。但他們已經盡力……這地方可真有趣，不是嗎？……真希望克勞斯那隻豬可以看見我……這就是跟他心靈不相通的結果……」

她有點情緒激昂，笑個不停。一名護士進來了一下子，彷彿在找什麼，又馬上出去了。

「她非常想偷看你一眼，」莎莉解釋，「因為我跟她說你是孩子的父親。你不會介意吧，親愛的……」

「一點也不，這是我的榮幸。」

「這樣讓事情單純多了。不然，要是沒有男人，他們會覺得很奇怪。我不喜歡被當作受人背叛的可憐女孩，被愛人拋棄，被人輕視和憐憫。這不怎麼特別值得高興，對吧？於是我跟她說我們極為相愛，卻也極為拮据，所以我們負擔不起婚禮，而我們如何夢想著有一天當我們都成名致富了，將要組織一個十人大家庭，就為了彌補這一個孩子。那護士感動得要命，可憐的女孩。事實上，她都洛淚了。今晚她值班的時候，將拿她男人的照片給我看。很貼心吧？」

隔天，施洛德女士和我一同到療養院探望。我們發現莎莉平躺在床上，床單直拉到下巴：「哈囉，兩位！請坐吧。幾點了？」她在床上不自在地轉過身，揉了揉眼睛：「這些花是哪裡來的？」

「我們帶來的。」

「你們真好！」莎莉茫然地笑著。「抱歉今天一副蠢樣……都是該死的麻醉劑害的……我腦袋裡全是這些。」

我們只待了幾分鐘。回家的路上，施洛德女士非常難過：「你相信嗎，伊希烏先生，我簡直像是看到自己親生女兒一樣傷心？唉，看見那可憐的孩子這樣受折磨，我寧願是自己代替她躺在那兒——我說真的！」

隔天，莎莉好多了。我們全都去探望她：施洛德女士、麥爾小姐、巴比及弗里茨。當然，弗里茨完全不知道真正發生了什麼事。他只知莎莉因為內部潰瘍動了個小手術。就像所有不知情的人一樣，他無意卻又無巧不巧地提到各種敏感詞，包括送子鳥、醋栗叢*、嬰兒車和關於小孩的種種；甚至還轉述了一樁流傳的新醜聞：據說柏林上流社會一位知名淑女，最近暗中動了非法的手術。莎莉和我互相避開彼此的眼神。

隔天晚上，我最後一次去療養院探視。她清晨就要出院了。她單獨一人，我們一起坐在陽台。她現在似乎好多了，可以在房裡走來走去。

「我跟護士說，除了你，我今天誰都不想見。」莎莉懶洋洋地打著呵欠。「一堆人讓我感覺好疲累。」

「我是不是也離開比較好？」

「喔，不，」莎莉說，語氣並不怎麼熱忱，「你一走，某個護士就會跑進來東拉西扯；而如果我沒有活活潑潑、興高采烈地陪她聊，他們就會說我得在這鬼地方多待幾天，這我可受不了。」

她悶悶不樂地凝望著安靜的街道：

「你知道嗎，克里斯，某方面而言，真希望我有留下那孩子……有個孩子應該會是相當美妙的

*醋栗叢在西方過去有女性陰毛的隱喻，後來成為一種慣用語，在孩子問自己從哪裡來時，會回答從醋栗叢下抱回來的。

事。過去一兩天，我有點體會到做個母親是什麼樣的感覺了。你知道嗎，昨晚，我獨自一人坐在這裡很長一段時間，懷裡抱著這個墊子，想像這是我的寶貝。而我感覺到一種極其不可思議的與世隔絕感。我想像著他如何成長，我如何努力工作養他。每晚我哄他睡覺，然後出門跟齷齪的老男人做愛，賺錢買食物跟衣服給他……克里斯，你儘管笑沒關係……我是說真的！」

「那你何不去結婚生一個？」

「我不知道……我感覺好像對男人失去了信心。我就是完全不喜歡他們了……就連你，克里斯多福，如果你現在跑到街上被計程車撞死……當然，我在某種程度上會很遺憾，但其實一點也不會在乎。」

「謝謝你了，莎莉。」

我們都笑了。

「當然，我不是說真的，寶貝——至少，不是針對你。這種情況下，我說什麼你都別介意。我腦袋裡裝滿了各種瘋狂的想法。有了孩子會讓你變得極端原始，像是某種野生動物之類的，只想保護幼小。唯一的問題是，我沒有幼小可以保護……我想這是我現在對每個人都那麼暴躁的原因。」

或許部分起因於這段談話，讓我在那一晚決定，取消我所有的授課，盡快離開柏林，到波羅的海沿岸找個地方，開始嘗試工作。聖誕節之後，我就連一個字都沒寫過。

當我告訴莎莉我的想法，感覺她倒是有點鬆了口氣。我們倆都需要改變。我們模稜兩可地談到她之後要來找我；但就算在當時，我也感覺她不會來。她的計劃很不明確。她說，之後，可能會去巴黎，或去阿爾卑斯山，或去南法——如果她能弄到錢的話。「但或許呢，」她補充道，「我會繼續待在這裡。我應該會相當快樂。我似乎有點習慣這地方了。」

接近七月中，我回到了柏林。

這段期間我都沒有莎莉的消息，只有在我離開的頭一個月，我們互寄了半打明信片。所以當我發現她搬離了我們的公寓時，並不特別感到意外。

「當然，我相當能理解她為什麼要走。我沒辦法按照她的期望，提供夠舒適的環境，而這是她的權利；尤其是我們的浴室連自來水都沒有。」可憐的施洛德女士淚水盈眶，「但我依然感到非常失望……鮑爾斯小姐表現得很有風度，我沒得抱怨。她堅持付房租到七月底。當然，我絕對有權力拿這筆錢，因為她二十一號才通知說要搬——但我一句話也沒提……她是這麼迷人的一位年輕小姐

——」

「你有她的地址嗎？」

「喔，有的，還有電話號碼。不用說你肯定會打給她。見到你她一定會很高興……其他男士來來去去，但你才是她真正的朋友，伊希烏先生。你知道嗎，我過去一直希望你們倆會結婚。你們肯定會成為一對完美的夫妻。你對她一直都有一種良好穩定的影響，而她也會在你太投入你的書和研究時，逗你開心點……沒關係，伊希烏先生，你儘管笑——但這事沒人說得準！或許現在還不算太遲！」

隔天一早，施洛德女士極其激動地搖醒我：

「伊希烏先生，真想不到啊！達姆施塔特國家銀行倒了！會有幾千人毀於一旦，毫無疑問！送牛奶的說兩週後就會有內戰！可真是不得了了！」

我一換好衣服，就下樓到大街上。的確，諾倫多夫廣場一角的分行外聚集了一群人，許多背著皮包的男人和提著束口袋的女人——那些女人就跟施洛德女士沒兩樣。銀行窗戶已經拉下鐵欄杆。多數人只是專注又有點愚蠢地盯著上鎖的大門。門上貼了張小告示，是用漂亮的歌德體印刷，像是從經典著作上撕下來的一頁。告示上說帝國總統已經做出存款保證，市場穩定無虞。只是銀行不會開門了。

一個小男孩在人群中玩著鐵環。鐵環滾到一個女人腳邊，她隨即對著男孩怒吼：「死小鬼！你在這裡搞什麼啊！」另一名女子也加入，攻擊著這受驚的男孩：「滾開！你懂嗎？你又不懂。」又一人極度挖苦地問：「怎麼，你在銀行裡也有存錢嗎？」男孩在她們暗地裡蠢蠢欲動的怒火前逃之夭夭。

下午非常炎熱。晚報刊登了新危機相關的政令細節——簡潔、官腔官調。驚悚的標題斗大地掛在刊頭，還用血紅色墨水畫了線：「全面崩潰！」一名納粹記者提醒他的讀者們，明天，七月十四日，是法國的國慶日；而看到德國的落魄，無疑會讓法國人今年慶祝得更加歡欣鼓舞。我走進一間服裝店，花十二馬克半買了兩條法蘭絨長褲——略表來自英國的支持。然後搭上地鐵去拜訪莎莉。

她住在一個滿是三房公寓的街區，那裡的規劃類似一個藝術村，距拜騰巴赫廣場不遠。我按門鈴時，是她親自開的門：

「哈囉，克里斯，你這老豬哥！」

「哈囉，莎莉寶貝！」

「你好嗎？……小心點，親愛的，你會弄髒我。我幾分鐘後就要出門了。」

我從沒見過她一身白。很適合她。但她的臉看起來瘦了、老了。她剪了新髮型，呈現美麗的波浪。

「你真是漂亮。」我說。

「是嗎？」她露出那得意、迷人、羞澀的笑容。我跟著她進入客廳。有一面牆完全是玻璃窗。房內有些桃紅色的木製家具，一張非常低的長沙發椅，上面擺了幾個俗豔的帶穗靠墊。一隻毛茸茸的白色迷你犬不斷蹦蹦跳跳吠叫著。莎莉撿起牠，作勢要親，只不過嘴唇沒真的碰觸：

「**佛雷迪，親親寶貝，你真可愛！**」

「你的？」我問，同時注意到她的德語發音大有進步。

「不是，是蓋兒達的，跟我分租公寓的女孩。」

「你跟她認識很久了嗎？」

「只認識一兩個禮拜。」

「她是什麼樣的人？」

「還不差。小氣鬼一個。幾乎所有的開支都得由我付。」

「這裡很不錯。」

「你這麼認為？是啊，我想是還可以。總比諾倫多夫街的那個豬圈好。」

「你為何要搬走？你跟施洛德女士有爭執嗎？」

「其實並沒有。只是我厭倦了聽她說話。她說得我頭都快炸了。真是很討厭的一個人。」

「她倒是很喜歡你。」

莎莉聳了聳肩，動作裡帶著些許不耐與倦怠。從談話開始到結束，我發現她刻意地避開我的眼睛。接著是一段漫長的沉默。我感覺困惑和隱隱的尷尬，開始想著何時能找個藉口離開。

然後電話響了。莎莉打個呵欠，將話機拉過來擱在大腿上：

「哈囉，哪位？對，我是……不……不……我真的不知道……我說真的！要我猜？」她皺起鼻頭：「是爾文嗎？不是？保羅？不是？等等……讓我想想……」

「噢，親愛的，我非走不可了！」終於，莎莉放下話筒，大聲說道：「我已經遲到快兩個小時了！」

「交了新男友？」

但莎莉對我的笑容視而不見。她點起一根菸，臉上閃過一絲不悅。

「我得去見一個公事上的男人。」她簡短地說。

「那我們何時再見面？」

「得再看看，寶貝……目前手邊的事情好多……我明天要去鄉下一整天，或許還包括後天……我再跟你聯絡……也許我很快要去法蘭克福了。」

「你在那邊有工作了？」

「不，並沒有。」莎莉輕描淡寫避開這話題，「總之，我決定秋天前都不嘗試電影相關的工作了。我要徹底休息一陣子。」

「你似乎交了很多新朋友。」

莎莉的態度再次變得含糊，刻意避重就輕：

「我想是吧……大概是在施洛德女士那兒住了那麼多個月之後的反彈，在那兒我連個鬼影都不認識。」

「這樣的話，」我忍不住露出不懷好意的笑，「我希望你的新朋友中沒人將錢存在達姆施塔特國家銀行。」

「為什麼？」這立刻引起她的興趣，「出了什麼事？」

「你真的一點都沒聽說？」

「當然沒有。我從不看報紙，而我今天也還沒出門。」

我告訴她銀行危機的新聞。聽完之後，她臉色相當驚恐。

「你為何不早點告訴我？或許事關重大。」她不耐地高聲說。

「真抱歉，莎莉。我以為你理所當然早就知道了……尤其你近來似乎遊走在金融圈——」

但她沒理會這小小的挖苦，皺著眉，陷入沉思：

「如果很嚴重，里歐應該早就打來通知我了……」她最後喃喃自語道。這想法顯然讓她安心不少。

我們一同出門走到街角，莎莉招了一輛計程車。

「住得這麼偏遠真是麻煩，」她說，「我大概很快要弄輛車了。」

「對了，」我們正要告別時她補了一句，「呂根島怎麼樣？」

「我天天游泳。」

「好吧，拜拜，親愛的，改天見囉。」

「再見，莎莉，玩得愉快。」

過了差不多一星期，莎莉打電話給我：

「你現在能過來嗎，克里斯？有很重要的事。我想請你幫個忙。」

這一次，我發現莎莉同樣獨自一人在公寓裡。

「你想賺點錢嗎，親愛的？」她如此迎接我。

「當然。」

「好極了！是這樣的……」她穿了件毛茸茸的粉紅色袍子，包得緊緊的，好似快要喘不過氣來了：「我認識一個男人，他想要辦份雜誌。這雜誌將走高質感的文化藝術路線，會有很多了不起的現代攝影啦、墨水瓶啦、上下顛倒的女孩頭啦，你也知道這一類的東西……重點是，每一期都將選出一個特定國家，做點分析評論，登幾篇介紹該國風俗習慣的文章，諸如此類……而他們第一個選定的國家就是英格蘭，而且還請我寫一篇關於英國女孩的文章……當然，要寫什麼我是一點概念都沒有，所以我的想法是：你可以用我的名義寫這篇文章，錢就歸你——我只要別讓編雜誌的人失望就好了，因為他之後對我或許會非常有用……」

「好吧，我試試看。」

「太棒了！」

「你希望什麼時候寫完？」

「這個嘛，親愛的，這正是問題所在，我馬上就要……不然就沒意義了，因為我四天前就答應要交，今晚非交不可了……不需要很長，五百字左右就行了。」

「好吧，我盡力……」

「太好了……想坐哪邊隨你高興。這裡有些報紙。你有筆嗎？對了，這裡有本字典，以防你有什麼字不會拼……那我先去洗個澡。」

四十五分鐘後，莎莉換好裝走進來時，我已經寫好了。老實說，我對成果還頗為自得。

她仔細地從頭讀到尾，漂亮描繪的眉毛間，皺紋慢慢積聚。讀完後，她嘆了口氣，放下稿子：

「抱歉，克里斯，這完全不行。」

「不行？」我真不敢相信自己的耳朵。

「當然，我敢說從文學的角度來看非常好……」

「那麼問題在哪裡？」

「就是不夠有力。」莎莉相當篤定，「完全不是這人要的東西。」

我聳了聳肩：「很抱歉，莎莉，我盡力了。但新聞寫作真不是我的本行。」

一陣隱伏怨氣的沉默。我的虛榮心被激怒了。

「老天爺，我知道可以開口找誰幫忙了！」莎莉突然跳起來，高聲道，「我之前怎麼就沒想到他呢？」她抓起電話開始撥號：「喂，哈囉，寇特寶貝……」

她在三分鐘內解釋完文章的事，將話筒放回機座上，得意洋洋地宣佈：「真是太好了！他馬上就寫……」她特意停頓，然後補充道：「那是寇特羅森陶。」

「他是誰？」

「你沒聽說過他？」這惹惱了莎莉；她假裝極度地驚訝：「我還以為你對電影很有興趣？他是最頂尖的年輕編劇。賺了一大堆錢。當然，他完全是友情相助……他說會趁刮鬍子的時候口述給秘書，然後直接送到編輯的住處……他真是太好了！」

「你確定這次會是編輯想要的東西？」

「當然囉！寇特是個天才。他無所不能。現在呢，他正利用空閒時間寫小說。他忙得要死，只能邊吃早餐邊口述。幾天前，他拿了頭幾章給我看過。說老實話，那肯定是我讀過最棒的小說。」

「是喔？」

「這正是我欣賞的那種作家，」莎莉繼續說，同時小心地避開我的眼睛，「他非常有野心，無時無刻不在工作；而且他什麼都能寫——什麼都行：電影、小說、戲劇、詩、廣告……一點也不會覺得有損自尊。不像那些年輕人，只因為寫了一本書，就開始高談闊論起藝術，想像自己是全世界最厲害的作家……他們讓我想吐……」

儘管對她怒火中燒，我還是忍不住要笑：

「你何時變得對我這麼不以為然了，莎莉？」

「我不是針對你，」——但她不敢直視我的臉——「不完全是。」

「我只讓你覺得噁心？」

「我不知道……你似乎變了，某些地方……」

「我哪裡變了？」

「很難解釋……你似乎缺乏想要得到什麼的衝勁或渴望。你太半吊子了。這很討人厭。」

「真抱歉囉。」但我故作滑稽的語氣聽起來有點不自然。莎莉皺著眉低頭望著她小巧的黑鞋。

「你得記住我是個女人，克里斯多福。所有女人都希望男人強悍、有主見、有事業心。女人想要像母親般照顧男人，保護他脆弱的那一面，但他也得要有強悍的一面，能讓她尊敬……如果你真的在乎一個女人，我建議你別讓她發現你沒有企圖心，不然她會看不起你。」

「我明白了……而這是你選擇朋友的準則——你的那些新朋友？」

聽到這話她火冒三丈：

「你大可譏笑我的朋友生意頭腦夠好。但就算他們有錢，也是他們努力賺來的……我猜你自認比他們好？」

「沒錯，莎莉，既然你問了——如果他們跟我想像的一樣——我的確是這麼認為。」

「你看吧，克里斯多福！你就是這樣。這就是你讓我討厭的地方：你自傲又懶惰。如果要說這種話，你就要能夠證明給大家看。」

「要怎麼證明一個人比另一個人好？況且，我的意思也不是這樣。我說我認為自己比較好——這純粹是品位問題。」

莎莉沒有回應。她點起一根菸，微微蹙額。

「你說我好像變了，」我繼續說，「說老實話，我對你也有同樣的感覺。」

莎莉似乎不覺訝異：「是嗎，克里斯多福？或許你是對的，我不知道……又或許我們兩個都沒變。或許我們只是見到彼此真實的一面。我們在很多方面都極為不同。」

「是啊，我注意到了。」

「我想，」莎莉若有所思地抽著菸，雙眼盯著鞋子，說道，「我們或許各自都成熟了一點。」

「或許如此……」我微笑，莎莉的意思再清楚不過，「無論如何，我們都不需要為此爭吵，對吧？」

「當然不用，親愛的。」

一陣無言。然後我說我得走了。我們倆現在都有點尷尬，格外有禮。

「你確定不來杯咖啡？」

「不了，非常感謝。」

「那來點茶？非常好喝，是我收到的禮物。」

「不用了，莎莉，真的很感謝。我真的得走了。」

「非走不可？」她聽起來倒是有點鬆了口氣。「有空務必打個電話給我，好嗎？」

「好的，一定。」

直到我確實離開那屋子，在街上快步前行時，我才發現自己感到多麼憤怒與羞愧。我心想，她可真是十足的小賤貨。我對自己說，畢竟我一直心知肚明她是什麼樣的人——打從一開始就知道。不，這不是事實：我並不知道。我是自作多情——何不坦白點？——以為她喜歡我。看來我錯了；可是我能怪她嗎？但我的確怪她，我對她滿腔怒火；此刻，看到她被狠狠鞭打一頓，將是我最樂意的事。我是如此莫名其妙地氣憤，讓我甚至開始懷疑，一直以來，我是否以自己獨特的方式，在愛著莎莉。

但並不是，那也不是愛——是更差勁的東西。是最廉價、最幼稚的一種虛榮心受傷。我一點也不在乎她對我文章的看法——好吧，或許有一點，但只有那麼一點；我文學上的自負是她說什麼都無法動搖的——我在乎的是她對我這個人的批評。女性那種讓男性自慚形穢的可怕天賦啊！就算告訴自己莎莉只有十二歲小女孩的辭彙和心智，所作所為都荒謬可笑，也沒有用，完全沒用——我只知道自己莫名地感覺是個偽君子。反正我本來不就多少是個偽君子嗎？雖然不是因為她那些荒謬的理由，而是因為那些對著家教女學生附庸風雅的高談闊論，以及新近採取的溫和社會主義立場。沒錯，我的確是。但她對這些一無所知。我大可相當輕易地打動她。這正是整件事最丟臉的部分：我從一開始就搞砸了我們的相會。我臉紅、嘔氣，而非風度翩翩、志得意滿、高高在上、寬容大度、成熟穩重。我嘗試跟她野蠻的小寇特在他的地盤競爭；當然，這正是莎莉希望也預期我會做的事！

經過了這麼多個月之後，我犯下了一個真正致命的錯誤——讓她看見我不只是無能，更且善妒。沒錯，就跟一般人一樣善妒。我真該踹自己一腳。光想到就讓我從頭到腳羞得無地自容。

現在大錯已鑄成，只有一件事能做，就是忘掉這整件事。當然要再跟莎莉見面也不太可能了。

事後過了應該有十天左右，有天早上，一名矮小、蒼白、黑髮的年輕男子來拜訪我，他說了一口流利、帶點外國腔的美語。他說他的名字叫喬治山德斯。他在報紙上見過我登的英語教學廣告。

「你想什麼時候開始？」我問他。

但年輕人趕緊搖了搖頭。不好，他根本不是來上課的。雖然有點失望，我還是禮貌地等他解釋來訪的原因。他似乎一點也不急著解釋，反而接過香菸，坐下開始閒聊起美國的事。我去過芝加哥嗎？沒有？那我聽說過詹姆斯蕭博嗎？也沒有？年輕人微微嘆了口氣。感覺得到他對我，甚至對全世界都充滿了耐心。他顯然已經跟很多其他人有過類似的談話。他解釋，詹姆斯蕭博是芝加哥的大人物：擁有連鎖餐廳和數家電影院。他有兩棟大型鄉間別墅，在密西根湖上還有艘遊艇。而且他擁有的車不少於四輛。這時候，我開始用手指咚咚地敲擊桌面。年輕人臉上閃過痛苦的神情。他為佔用我寶貴的時間致歉；他說會提起蕭博先生，只因為覺得我可能會感興趣——口氣裡隱含溫和的不滿——也因為如果我認識蕭博先生，他肯定會擔保他朋友山德斯的人格。然而……這也沒辦法……只是，我能借他兩百馬克嗎？他需要這筆錢來為一門生意起頭；這是千載難逢的機會，如果明早之前沒湊到錢，他將完全錯失這機會。他三天內就會將錢還我。如果我現在就給他錢，他當天傍晚就會帶著文件來證明整件事千真萬確。

不行？噢，好吧……他並沒有大驚小怪，立即起身要走，就像個生意人，剛浪費了寶貴的二十分鐘在一個潛在客戶身上。他設法禮貌地暗示：這是我的損失，不是他的。走到門邊，他駐足了一會兒：我會不會剛好認識什麼電影女明星呢？作為副業，他正巡迴推廣一種新面霜，是專門為防止皮膚在鎂光燈下過於乾燥而研發。所有好萊塢明星都已採用，但在歐洲仍不為人知。他希望能找到半打女明星親身使用並推薦，將會提供她們免費試用品和永久半價的優惠。

稍作猶豫，我給了他莎莉的地址。我不太清楚為何這麼做。當然，部分是因為想擺脫這位年輕人，他原本一副要重新坐下續談的樣子。另一部分呢，或許是出於怨恨。忍受他喋喋不休一兩個小時，對莎莉不會有什麼傷害：她說過喜歡有企圖心的男人。說不定她還能得到一罐免費的面霜——如果這玩意兒真存在的話。而他若是提起那兩百馬克——嗯，那大概也不要緊，他怎麼騙得了一個小嬰孩。

「但不管怎樣，」我警告他，「別說是我介紹的。」

他帶著微笑，一口答應。對我的要求他肯定自有一番解釋，因為他沒有顯露一點覺得奇怪的樣子。他禮貌地揚了揚帽子，走下樓。第二天早上，我已經完全忘了這回事。

幾天後，莎莉親自打電話給我。我上課上到一半被叫出去接電話，滿心不快。

「喂，是你嗎，克里斯多福寶貝？」

「我是。」

「是這樣的，你能馬上到我這兒來一趟嗎？」

「不行。」

「噢……」我的拒絕顯然讓莎莉吃了一驚。一段短暫的沉默，然後她繼續說，語氣不同尋常的謙卑：「我猜你一定很忙碌吧？」

「沒錯。」

「那……你很介意我來找你嗎？」

「有什麼事？」

「親愛的，」──莎莉的聲音聽起來絕望不已──「我沒辦法在電話中跟你解釋……是很嚴重的事。」

「喔，我懂了，」──我盡可能地想將場面弄得難看──「是不是又有雜誌文章要寫了？」

不過話一出口，我們倆都笑了出來。

「克里斯，你真是個渾球！」莎莉銀鈴般的爽朗笑聲沿著電話線傳來；然後她突然一板正經地說：「不，親愛的──這次我跟你保證：真是很嚴重的事，千真萬確，一絲不假。」她暫停；然後感人地補充道：「而你是唯一能幫得上忙的人了。」

「哦，好吧……」我已經心軟了一大半。「一小時後過來。」

「親愛的，我就從頭開始說，好嗎？……昨天早上，一個男的打電話來，問我能不能來拜訪。他說事關重大；既然他知道我的名字和很多事，我就說：當然好，快來吧……於是他就來了。他說他的名字叫洛考斯基──保羅洛考斯基──而且他是米高梅電影公司在歐洲的代理人，有個機會要提供給我。他說他們在找會說德語的英國女演員，演出一部即將在義大利里維耶拉拍攝的喜劇片。他說得好有說服力；還告訴我導演是誰，攝影是誰，美術指導是誰，劇本又是誰寫。當然，這些人我一個都沒聽過。但這似乎沒那麼出奇：事實上，聽起來反而更真實，因為大多數人都會選那些你在報紙上見過的名字……總之，他說，見過我之後，很肯定我就是那角色的不二人選，幾乎可以將角色直接給我，只要試鏡沒出什麼問題的話……我當然是興奮得不得了，就問試鏡是什麼時候，他說不會在這一兩天，因為他還得跟烏法片廠的人做些安排……接著我們開始聊到好萊塢，他跟我說了各式各樣的故事——我猜這些故事的確有可能是從雜誌上讀來的，但不知為何我很確定不是——然後他告訴我那些音效是怎麼做的，特效又是怎麼做的；他這人真的好有趣，而且肯定深入過許多製片廠內部……總之，我們聊完好萊塢之後，他開始跟我說到美國其他地方、他認識的人、還有黑幫、以及紐約。他說他剛從紐約來，所有的行李都還在漢堡的海關。事實上，我原本心裡就一直在想，他穿著這麼邋遢似乎有點可疑；但經他這麼一說之後，我當然就覺得這也是應該的……然後呢——你得先保證不會笑這一段，克里斯，不然我就沒法跟你說了——不久他開始極其熱烈地跟我求愛。一開始我對他有點生氣，因為把公事跟私事混為一談；但過了一會兒，我就沒那麼在意了：他相當有吸引力，帶有某種俄羅斯風情……最後，他邀請我共進晚餐，於是我們到侯雅餐廳吃了頓我這輩子最豐盛的大餐（這是值得欣慰之處）；只是呢，帳單送上來時，他說：『噢，對了，寶貝，你能先借我三百馬克嗎？我身上只有美金現鈔，得要到銀行換才行。』於是，我當然就給他了：也真是禍不單行，那晚我身上剛好帶了不少錢……接著他說：『來開瓶香檳慶祝你的電影合約吧。』我同意了，那時候我肯定相當醉了，因為當他開口要求一同過夜時，我說好。我們去了奧格斯堡街上的小旅館——我忘了名字，但我可以輕易辨認出來……真是個爛透的鬼地方……總之，那晚之後發生的事我都不太記得了。今天一大早我的頭腦才開始清醒過來，而他尚在熟睡；我開始懷疑事情是否有點不對勁……我之前沒注意到他的內衣：他穿的內衣讓我有點吃驚。你會預期一個重要的電影人，應該會穿絲質貼身衣物吧？他穿的還真非同小可，是類似駝毛之類的東西；看上去好像曾被施洗約翰穿過似的。然後他的領帶夾還是一般雜貨店買的那種錫夾。他的東西破舊還不打緊；但你看得出來那些東西根本就不怎麼樣，即便是全新的時候……我正下定決心要起床查查他口袋裡的東西，卻為時已晚，他醒了。於是我們點了早餐……我不知道他這時是認為我已經瘋狂愛上他，所以不會發現，還是根本懶得繼續掩飾，今天早上他完全變了一個人——一個普通的流浪漢。他拿餐刀挖果醬直接吃，當然多半落在床單上了。而且還邊拿著蛋猛吸蛋液，邊發出恐怖的吱吱聲。我忍不住笑他，這讓他相當憤怒……然後他說：『我得來瓶啤酒！』我就說，好呀，打電話到櫃台去點幾瓶。老實說，我開始有點怕他了。他野蠻人似的沉著一張猙獰的臉；我相信他肯定是瘋了。所以心想得盡力迎合他……總之，他似乎覺得我的建議不錯，於是拿起電話，講了好長一段時間，講到暴跳如雷，因為他說他們拒絕送啤酒上來。我現在明白他肯定是一直拿著話筒在演戲；但他演得還真好，而且我也害怕到不會去注意太多。還心想他或許會因為喝不到啤酒就把我殺了……不過，他反應很平靜，說要穿衣服自己下樓去拿。我回答，好吧……結果等了又等，他並沒有回來。最後我搖鈴問女僕有沒有看見他出去。她說：『有啊，那位先生約一個小時前付帳離開了……他說不能打擾你。』我太驚訝，只回說：『哦，好，謝謝……』好笑的是，這時我完全將他當成一個瘋子，而不再懷疑他是騙子。或許這正合他意……總之，他終究不是什麼瘋子，因為當我檢查皮包時，發現他自行取走了我所有的錢，包括我前一晚借他三百馬克後剩的零錢……這整件事真正讓人氣憤的是，我打賭他一定認為我會因為羞恥不敢去報警。我要讓他知道他大錯特錯——」

「莎莉啊，這位年輕人具體長什麼樣子？」

「他跟你差不多高，蒼白，黑髮。你可以聽出來不是土生土長的美國人，他說話帶有外國口音——」

「你記不記得他是否有提過一個叫蕭博的人，住在芝加哥？」

「我想想……有，他的確有提過！說了一大堆關於他的事……但克里斯，你怎麼會知道呢？」

「這個嘛，是這樣的……聽好，莎莉，我要向你懺悔一件不可饒恕的事……我不知道你會不會原諒我……」

我們當天下午去了亞歷山大廣場。

問案過程比我預期的還尷尬。至少對我來說是如此。莎莉就算有感覺不舒服，頂多也只是動了動眼皮，沒有其他表示。她對著兩名帶眼鏡的警官鉅細靡遺地說明事情經過，語氣輕快不帶感情，不知情的人還會以為她是來投訴小狗走失，或雨傘遺落在巴士上之類的事。兩名員警──顯然都有家室──一開始有點受驚。開始筆錄前，鋼筆不斷蘸著紫色墨水，手肘緊張羞怯地繞著圈，態度唐突而粗魯。

「關於這間旅館，」其中年長的那位嚴厲地說：「進去之前，我想你應該知道，那是某種特定的旅館吧？」

「你不會期待我們去布里斯托大飯店吧？」莎莉的口氣非常溫和而理性：「反正沒帶行李他們也不會讓我們入住的。」

「哦，所以你們沒行李？」年輕的那位得意洋洋抓住這點，好像至關重要似的。他工整的紫色字跡開始緩緩橫越畫了線的大張紙頁。深受這主題啟發，他完全沒注意莎莉的反駁：

「我沒習慣遇到男人邀請共進晚餐時就打包行李。」

不過年長的那位立即抓到了重點：

「所以是到了餐廳之後，這位年輕男子才邀你——呃——一同上旅館？」

「是在吃完晚餐之後。」

「親愛的年輕女士，」年長的那位往後靠向椅背，就像個尖刻的父親，「容我請問，你是不是經常接受陌生人這類的邀約？」

她甜美地微笑，宛如純真與坦率的化身：

「可是呢，警察先生，他並不完全是陌生人。他是我的未婚夫。」

這讓他們倆猛然坐直身子。年輕的那位甚至在他潔白的紙張上留下了一點墨漬——或許是警察總部所有無瑕的檔案中，唯一能找到的汙漬。

「鮑爾斯小姐，你是說，」——儘管態度仍然粗魯，但年長的那位眼睛已為之一亮——「你的意思是，你才跟這男的認識一個下午，就跟他訂婚了？」

「確實如此。」

「這不會，嗯——有點不尋常嗎？」

「我想是有一點，」莎莉認真地同意，「但這年頭，女孩可不能冒險讓男人等。如果他開了一次口，而女孩拒絕了，他可能就轉向其他人了。畢竟有這麼多單身女子——」

聽到這裡，年長的警官再也克制不住，整個人往後倒，笑得一張臉青紫。要將近一分鐘之後他才能說出話來。年輕的那位有禮貌多了，拿出一條大手帕，假裝在擤鼻子。但擤鼻子慢慢變成了打噴嚏，最後變成狂笑不止；很快他也放棄了，不再打算認真看待莎莉。接下來的問案如同戲謔的喜歌劇，穿插著男性沉悶無趣的猛獻殷勤。由其是那位年長的警官變得相當大膽；我想他們都很遺憾我在場。他們渴望跟她獨處。

「你別擔心，鮑爾斯小姐，」離開時，他們輕拍著她的手說道，「我們會為你逮到他，就算得把柏林整個翻過來也在所不惜。」

「哇！」一走到他們聽不見的地方，我就敬佩地大聲說道，「我得說，你真是知道怎麼應付他們！」

莎莉甜美地笑著，感到相當志得意滿：「你究竟想說什麼，親愛的？」

「你跟我都心知肚明——讓他們笑成那樣：跟他們說他是你的未婚夫！真的很天才！」

但莎莉沒有笑。相反地，她微微紅了臉，低頭望著腳。臉上浮現一種內疚、稚氣的滑稽表情：

「其實呢，克里斯，那剛好是事實——」

「事實！」

「沒錯，親愛的。」頭一遭，莎莉真覺得窘了，說話開始變得非常快：「我今天早上就是沒辦法告訴你：發生了這麼多事之後，再怎麼說聽上去肯定都會很愚蠢……在餐廳時他開口向我求婚，而我說好……我是這麼想的，身處電影這一行，他大概相當習慣這類閃電婚姻：畢竟，在好萊塢這很尋常……何況，他是美國人，我以為要離婚也很容易，任何時候想離就離……而這對我的事業來說也是好事一樁——我是指，如果他真名副其實的話——不是嗎？……要是來得及，我們本來今天就要結婚……現在回想起來似乎很可笑——」

「莎莉啊！」我站定，張口結舌，只能發笑：「這真的……知道嗎，你真是我這輩子見過最離奇的生物了。」

莎莉咯咯地笑了笑，像是一個頑皮的孩子不經意間成功逗樂了成年人：

「我老跟你說我有點瘋，不是嗎？現在你或許會相信了——」

過了一星期，警方都沒有傳來任何消息。接著，有天早上，兩名警探登門拜訪。追查到一名符合我們描述的年輕男子，正在監視中。警方知道他的地址，但希望逮捕行動前我能先指認一下。我能否立即跟他們到克萊斯特街的小吃店走一趟？他幾乎每天，差不多這個時間，都會在那邊出現。我應該可以混在人群中，將他指認出來，然後馬上離開，不會有任何困擾或不愉快。

我不怎麼喜歡這點子，但已無法脫身了。我們抵達時，正是午餐時間，小吃店人聲鼎沸。我幾乎一眼就看見那位年輕人；他站在櫃台前，挨著熱水壺，手持杯子。見到他如此孤單一人、毫無防備，似乎有點可悲：他看起來更邋遢，而且遠更年輕——只是個男孩子。我幾乎脫口：「他不在這兒。」但有什麼用呢？他們終究會逮到他。「對，就是他，」我跟警探說，「就在那邊。」他們點了點頭。我匆忙轉身沿街離去，感覺內疚，並對自己說：我再也不會幫警察的忙。

幾天後，莎莉來告訴我後續發展：「當然，我得見見他……我感覺自己很殘忍；他看起來好可憐。只說了句：『我以為我們是朋友。』我本想跟他說錢就留著吧，但他已經全花完了……警察說他真的去過美國，但他不是美國人，而是波蘭人……他不會被起訴，這是值得欣慰之處。醫生看過他，會送他去一間療養院。希望那邊會好好對待他……」

「所以他終究是個瘋子囉？」

「我想是吧。比較輕微的一種……」莎莉笑著說，「我臉上可就不怎麼光彩了，是不是？喔，對了克里斯，你知道他幾歲嗎？你絕對猜不到！」

「我想差不多二十歲吧。」

「十六歲！」

「鬼扯！」

「真的，不騙你……這案子本來是要交給少年法庭審理的！」

我們都笑了。「你知道嗎，莎莉，」我說，「我最喜歡你的地方就是，你非常容易相信別人。從不輕信他人的人都好乏味。」

「所以你仍然喜歡我囉，克里斯寶貝？」

「沒錯，莎莉。我仍然喜歡你。」

「我好怕你會生我的氣——因為前幾天的事。」

「我是生氣，氣極了。」

「但你現在不氣了？」

「不氣……我想不氣了。」

「我就算道歉，或解釋，或做什麼大概都無濟於事……我有時就是會這樣……我想你能瞭解，對不對，克里斯？」

「對，」我說，「我想我能瞭解。」

自此之後，我再也沒見過她。大約兩週後，我正想該打個電話給她，卻收到一張來自巴黎的明信片：「昨夜抵達。明日會再寫信詳述。獻上滿滿的愛。」並沒有信隨之而來。一個月後，收到另一張來自羅馬的明信片，沒有註明地址，只說：「這一兩天就會寫信。」那是六年前的事了。

所以此刻我正在寫信給她。

當你讀到這兒，莎莉——如果你真有機會讀到——請接受我這最真誠的獻禮，獻給你，也獻給我們的友誼。

並麻煩再寄張明信片給我。

呂根島

（1931年　夏）

清晨即起，我穿著睡衣到陽台坐。林木在野地上投下長長的陰影。鳥兒猛然尖聲狂嘯，有如警鈴大作。樺樹茂盛的枝葉遮蓋了車轍遍布的鄉間塵土路。湖邊一排樹上，有塊長條軟雲沿著樹梢向上飄。一個牽腳踏車的男人正看著他的馬嚼起路邊的一塊草地；他想解開纏住馬蹄的韁繩，用雙手推了推馬，但牠紋風不動。一名圍著披肩的老嫗跟一名小男孩走了過來。男孩穿著黑色水手服；他非常蒼白，脖子還紮著繃帶。她們很快掉頭折返。一名男子騎腳踏車經過，對帶著馬的男人喊了幾句。在早晨的寂靜中，他的聲音響亮清晰，卻依然費解。雞啼了。軋軋的單車聲漸行漸遠。朝露在花園涼亭的白桌椅上凝結，從茂盛的紫丁香花瓣滴落。又一聲雞啼，這次更嘹亮更接近。我依稀還能聽得見海潮，或遠方的鐘聲。

村莊隱藏在樹林間，左方的深處。幾乎完全由獨棟木屋組成，包含了各式各樣的海濱建築風格——仿摩爾風、老巴伐利亞風、泰姬瑪哈陵風、及洛可可式小屋搭配白色浮雕露臺。樹林後方便是大海。不需要經村莊就能到海邊，只要穿過一條之字小徑，就會突然身處含沙峭壁邊緣，下方是沙灘，而溫馴平淺的波羅的海就躺在你腳下。海灣的這一端相當荒涼；公開的海水浴場在岬角的另一頭。遠方，一公里外，蒸騰的熱浪後面，巴布區海濱餐廳的白色洋蔥圓頂搖曳不定。

樹林裡有兔子、青蛇和鹿。昨天早上，我見到俄國牧羊犬追逐一頭獐鹿，橫過原野，穿梭在林間。那隻狗追不上那頭鹿，雖然狗似乎速度較快，腳步優雅地延展飛馳；而鹿則痙攣般僵硬地拚命亂跳，像是一架著魔的大鋼琴。

除了我，還有兩個人待在這間屋子。其中一位是英國人，名叫彼得威金森，跟我差不多年紀。另一位是德國勞工階級男孩，來自柏林，名叫奧托諾瓦克，十六或十七歲。

彼得——我已經直呼其名了；我們頭一天晚上就走得很近，很快成了好友——纖瘦、黝黑、神經質。他戴著角質框架的眼鏡。當他興奮的時候，會將雙手深埋在兩膝之間，緊緊交握。粗壯的血管從兩側太陽穴凸起。邊全身打顫，邊發出自抑、神經質的笑，直到奧托有點煩躁地大聲說：「**老兄，你夠了吧！**」

奧托的一張臉像顆熟透的桃子。頭髮金黃濃密，直蓋到前額。有雙小而發亮的眼睛，眼神充滿淘氣；以及使人放下戒心，純真到難以想像的寬闊笑容。當他笑的時候，桃子般渾圓的臉頰上會浮現兩個大酒窩。目前，他孜孜不倦地巴結我，討好我，捧我每個笑話的場，從不錯過機會適時給我一個狡猾、會心的眼色。我想他將我視為在應付彼得時，一個潛在的盟友。

今早我們一起去游泳。彼得和奧托忙著堆一座大沙堡。我躺在一旁看著彼得邊奮力工作，邊享受眾人目光，狂暴地揮舞他那孩童用的鏟子猛掘沙土，像是鎖著鐵鍊的囚犯，在武裝獄卒的監視下做苦工。整個漫長炎熱的上午，他一刻都沒有安安靜靜坐下來。他和奧托游泳、挖沙、摔角、賽跑或玩橡膠足球，在沙地上跑來跑去。彼得瘦小但結實。他在跟奧托的比賽中，唯一支撐他的似乎是一種巨大、強烈的意志力。這是彼得的意志在對抗奧托的肉體。奧托的身體就代表了他；彼得則只有腦袋算數。奧托移動起來流暢自如；姿態裡有種野蠻、無意識的優雅，一如殘酷、高貴的野生動物。彼得則是將無情的意志力化作長鞭，鞭策著那僵硬、彆扭的身軀，帶著他奔波。

奧托驚人地自負。彼得買了個擴胸器給他，有了這個，他整天無時無刻不在認真運動。午餐之後，我來到他們的臥室想找彼得，卻發現奧托獨自一人在鏡子前，像拉奧孔*般跟擴胸器奮戰著：「你看，克里斯多福！」他喘吁吁地說，「我做得到！五條彈簧也沒問題！」以他這年齡的男孩而言，奧托的一雙肩膀和胸膛肯定出類拔萃——不過他整個身軀卻有點滑稽。上身美麗成熟的線條突然緊縮成小得有點可笑的臀部，和細長未發育的雙腿。而跟擴胸器的這些較勁，讓他一天比一天更為頭重腳輕。

今晚奧托輕微中暑，因為頭痛早早上床。彼得和我獨自走到村裡。在巴伐利亞酒館，樂團發出

* Laocoon，希臘神話中特洛伊的祭司，因警告特洛伊人勿中木馬計而觸怒天神，連同兩個兒子被雅典娜派來的大海蛇纏死。

的聲音像是魔音穿腦，彼得對著我的耳朵吶喊出他此生的故事。

彼得家有四個孩子，他是最小的。有兩個姐姐都已婚。其中一位住在鄉間，打獵維生。另一位是報紙所稱的「社交名媛」。彼得的兄長是名科學家跟探險家，曾參加考察團去過剛果、新赫布里底群島和大堡礁。他愛下棋，說話聲音像六十歲的男人，而且彼得深信他從來沒跟女人上過床。目前彼得唯一還保持聯絡的家庭成員是他打獵的姐姐，但也很少見面，因為彼得厭惡他的姐夫。

以一個男孩而言，彼得很纖細敏感。他沒有讀小學，但十三歲時，父親送他去公立中學。父母親為此起了爭執，一直到彼得第二學期結束，被發現有心臟方面的毛病，在母親鼓勵下離開學校才平息。一旦逃離，彼得開始痛恨母親的溺愛慣養讓他成了個懦夫。她明白彼得不會原諒她，而彼得又是她唯一關愛的孩子，於是她病倒了，之後很快過世。

現在要再送彼得回學校也太遲了，所以威金森先生請了個家教。家教是名很虔誠的年輕男子，有心要成為牧師。他有一頭鬈髮和希臘人的下巴，即便冬天也洗冷水澡。威金森先生一開始就不喜歡他，兄長的評論也尖酸諷刺，所以彼得熱情地投身到家教那一方。他們倆去湖區徒步旅行，在陰暗的荒野景致中討論聖禮的意義。這類討論無可避免讓他們陷入情緒性的複雜爭論，最後有一天晚上，在穀倉的一場激烈爭吵之後，心結卻又霍然而解。隔天一早，家教離去，留下一封十頁的信。

彼得考慮過自殺。之後他間接聽說家教留了鬍子，前往澳洲去了。於是彼得有了另一位家教，最後進入牛津大學。

出於厭惡父親的生意和兄長的科學，他將音樂和文學當作宗教崇拜。在頭一年，他確實很喜歡牛津。他四處參加茶會並勇於發言。人們似乎真的有在聽他說什麼，這讓他既驚訝又高興。直到多次之後，他開始注意到聽眾間有些許尷尬的空氣。「不知怎麼回事，」彼得說，「我總是說錯話。」

同時，在老家，倫敦高級住宅區，有四間浴室和能停放三輛車的車庫，食物總是過剩的豪宅之中，像是東西慢慢腐敗一般，威金森一家逐漸分崩離析。威金森先生抱著他不健康的腎、他的威士忌、和他各種「對付人」的知識，顯得憤怒、茫然、還有點可悲。他對著經過身邊的兒女斥責咆哮，像條凶惡的老狗。用餐時從沒人說話。大家互相避開彼此的眼神，吃完就趕緊上樓去寫信，信中充滿怨恨與諷刺，寄給他們的至交密友。只有彼得沒有朋友可寫信。他把自己關在庸俗昂貴的臥室中，不斷閱讀。

而在牛津的情況也一樣。彼得不再參加茶會。他整天用功，就在考試前，精神崩潰了。醫生建議他徹底改變環境，換個興趣。彼得的父親讓他到德文郡務農六個月，然後開始跟他談起生意經。

威金森先生一直無法讓其他兒女對家族收入來源產生一點即便是禮貌上的興趣。他們在各自的世界中全都無懈可擊。其中一個女兒即將嫁入貴族世家，另一個經常跟皇太子去打獵。他的長子在皇家地理學會發表論文。只有彼得的存在沒有正當性。其他兒女自私自利，但知道自己要什麼。彼得也很自私，卻不知道。

不過，在這關鍵時刻，彼得的舅舅去世了。這位舅舅住在加拿大。他見過小時候的彼得一次，從此就特別喜歡這位小外甥，於是把所有的錢都留給了他，並不多，但足夠舒舒服服地過生活。

彼得前往巴黎開始學習音樂。他的老師說他再怎麼樣，頂多也只能成為一個尚可的二流業餘音樂家，但這只讓他加倍努力練習。他拚命練習只是要避免思考，結果再次精神崩潰，不過比第一次輕微。這時候，他堅信自己很快就會發瘋。他回倫敦探望，發現只有父親在家。頭一天晚上他們發生激烈的爭吵；此後，就互不說話。經過一個星期的沉默和大吃大喝，彼得有股輕微的殺人衝動。早餐期間，他完全無法將目光從父親喉嚨上的疙瘩移開，手指則撥弄著麵包刀。突然，他的左臉開始抽搐。抽動個不停，他不得不用手遮住臉頰。他相當肯定父親注意到了，而且刻意拒絕談論——其實就是故意要折磨他。最後，彼得再也受不了，一躍而起，衝出房間，衝出屋子，衝進花園，面朝下一頭栽在濕草坪上。他趴在那兒，害怕得不敢動。十五分鐘後，抽搐停止了。

那晚彼得在攝政街亂逛，揀了個妓女。他們一同回到女孩房間，聊了好幾個小時。他跟她說了家中所有的事，付給她十英鎊，連吻都沒吻她就離開。隔天早上他左大腿原因不明地起疹子。醫生似乎也不知道怎麼解釋起因，但還是開了些藥膏。疹子變淡了點，但要到上個月才完全消退。攝政街的事件後不久，彼得的左眼也開始出現問題。

已經有好一陣子，彼得一直在考慮去看心理分析師。他最後選擇了一個傳統的佛洛伊德學派，說起話來懶洋洋又易怒，還有雙大腳。彼得一眼就不喜歡他，並且坦白相告。那個佛洛伊德學派在一張紙上註記，但沒有任何不悅的樣子。彼得之後才發現，除了中國藝術，他對任何事都不太感興趣。他們每週碰面三次，每次會面要花費兩基尼*。

六個月後彼得拋棄了那個佛洛伊德學派，開始看新的心理分析師：一位滿頭白髮、開朗健談的芬蘭女士。彼得發現很容易對她傾訴。他盡其所能將做過的每一件事、說過的每一句話、每一個想法、每一個夢境都告訴她。偶爾，陷入沮喪的時候，他會跟她說一些完全虛構的故事，或從各案例記錄中收集來的軼聞。之後，他會坦承這些謊言，他們會一同討論說這些謊的動機，並同意這其中饒富興味。在節日的夜晚彼得都會作夢，這將成為他們未來幾週的話題。分析持續了將近兩年，而

* 英國舊金幣及貨幣單位。

且從未完成。

今年彼得對芬蘭女士感到厭倦。聽說柏林有位能人，有何不可呢？無論如何，都將是種改變，同時還能省錢。柏林的分析師每次會面只收十五馬克。

「你還在看他嗎？」我問。

「沒有……」彼得笑著說，「我負擔不起。」

上個月，彼得抵達柏林後一兩天，他到萬湖去游泳。水仍然冰冷，四周的人也不多。彼得注意到一個男孩獨自在沙地上翻筋斗。稍後男孩前來要火柴。他們閒聊起來。那男孩就是奧托諾瓦克。

「奧托聽到心理分析師的事時驚訝得合不攏嘴。他說：『什麼！你給那傢伙一天十五馬克，就為了跟你說話！你給我十馬克，我可以跟你說上一整天，甚至一整夜也行！』」彼得開始笑得全身打顫，雙頰漲紅，擰著雙手。

說來也奇怪，奧托說要取代心理分析師的位置並非完全無的放矢。如同很多動物性強烈的人，他有相當驚人的療癒本能——只要他願意發揮。在這種時候，他對彼得的治療效果就再好不過了。彼得會坐在桌邊，弓身縮成一團，下垂的嘴角掛著童年的恐懼：正是扭曲昂貴的教養下塑造出的完美案例。然後奧托進來了，懸著酒窩，咧嘴而笑，撞倒椅子，朝彼得背上一拍，摩擦雙手，愚蠢地大聲說：「喲、喲……又怎麼啦！」然後一瞬間，彼得就脫胎換骨了。他放鬆下來，自然地抱著自己；唇邊那股緊繃感消失，眼神也不再惶惶不安。只要這魔法持續，他就跟一個普通人沒兩樣。

彼得跟我說，遇見奧托之前，他非常害怕感染，碰過貓之後甚至會用石碳酸洗手。現在，他經常跟奧托共用一個杯子，用他的海綿洗澡，還會分食同一盤餐點。

舞季在庫浩斯飯店和湖邊的酒館開始了。兩天前的傍晚，我們在村裡的主大街上散步時，看見了第一場舞的告示。我注意到奧托充滿渴望地瞥了一眼海報，而彼得也看到了。但他們兩個都沒說什麼。

昨天又濕又冷。奧托提議租艘船到湖上釣魚；彼得很喜歡這計劃，一口答應。但當我們在毛毛雨中空等了四十五分鐘都沒動靜時，他開始感到煩躁。回岸邊的途中，奧托不斷用槳潑水——一開始是因為他不太會划，後來就只是要惹毛彼得。彼得的確火冒三丈，對奧托破口大罵，奧托則生著悶氣。

晚飯後，奧托宣告他要去庫浩斯飯店跳舞。彼得聽了一言不發，不祥的沉默降臨，他的嘴角開始下垂；而奧托要不是真的沒意識到他的不悅，就是故意忽略，認為事情就這麼說定了。

他出門之後，彼得上樓來到我冰冷的房間中，坐著聽雨水規律打在窗戶上。

「我就覺得不可能長久，」彼得陰鬱地說，「這就是開始，等著瞧。」

「胡說八道，彼得。什麼的開始？奧托偶爾想跳跳舞很自然啊。你的佔有慾不能這麼強。」

「我知道，我知道，又是我在無理取鬧了……還是一樣，這就是開始……」

有點出乎我自己意料，接下來的發展證明我是對的。奧托不到十點就從庫浩斯回來了。他很失望。現場的人很少，樂團也很糟。

「我再也不去了，」他邊說，邊含情脈脈地對著我笑，「從今而後，我每晚都跟你和克里斯多福待在家。我們三個人在一起時有趣多了，不是嗎？」

昨天早上，我們躺在海灘的沙堡中時，一名矮小、金髮，有雙雪貂似的藍眼睛，留著小鬍子的男子來到跟前，請我們跟他一起玩投球遊戲。對陌生人總是過分熱誠的奧托立刻答應了，於是彼得和我若不想顯得無禮，就只能附和他。

矮個子男人介紹過自己是柏林一間醫院的外科醫生之後，馬上發號起施令，指定我們該站的位置。他對此非常堅持——當我企圖站近一點點，免得要投那麼遠的距離時，他立即命令我後退。然後彼得投球的方式顯然完全不對：矮個兒醫生特地停下遊戲作示範。彼得一開始覺得挺有趣，後來就有點惱怒了。他相當粗魯地回嘴，但醫生不為所動。「你的肢體太僵硬了，」他笑著解釋，「那樣不行。你再試一次，我會把手放在你的肩胛骨上，看你是不是有真的放鬆……不行。你還是沒放鬆！」

他似乎很愉快，彷彿彼得的失敗，是他獨特教學方式的一種勝利。他跟奧托交換眼神。奧托會心地一笑。

我們跟醫生的相識讓彼得一整天都陷入壞情緒之中。為了逗弄他，奧托假裝非常喜歡那醫生：「這種傢伙就是我想交的朋友，」他帶著惡毒的笑說道，「一個真正愛好運動的人！你也該多運動一點，彼得！那你就會有像他一樣的好身材！」

如果換種心情，彼得大概會對這番話一笑置之。但現在聽了卻大發雷霆：「如果這麼喜歡你那個醫生，你最好現在就滾去找他！」

奧托促狹地笑著。「他沒開口約我——目前還沒！」

昨晚，奧托去庫浩斯跳舞，直到很晚才回來。

現在村莊裡來了相當多夏日遊客。碼頭旁的海水浴場掛上成排旗幟，開始看起來像個中世紀軍營。每個家庭都有張專屬的巨型柳條沙灘椅，每張椅子都有頂蓋，還有小旗幟在一旁飛揚。有德國城市的旗幟——漢堡、漢諾威、德勒斯登、羅斯托克和柏林，也有國家、共和政體和納粹的旗幟。每張椅子都有一圈矮沙堤環繞，領主在上面用杉樹球果排列著各種字樣：魏德斯古飯店、沃爾特家族、鋼盔黨、希特勒萬歲！很多沙堡也用納粹黨徽作裝飾。前幾天早上，我看見一個大約五歲的孩童，一絲不掛，肩上扛著萬字旗，單獨在街上行進，邊唱著「德意志之歌」。

矮個子醫生對這種氛圍相當著迷。他像傳教士般幾乎每天早上都到我們的沙堡報到。「你們真該到另一頭的海灘瞧瞧，」他對我們說，「那兒更好玩。我會幫你們介紹一些不錯的小妞。這裡有一人堆很棒的年輕人！我身為一個醫師，很清楚怎樣去欣賞他們。前幾天我在希登塞島，放眼望去全是猶太人！能回這裡看到真正的北歐人種真好！」

「我們去海灘那頭瞧瞧吧，」奧托慫恿，「這裡好無聊。根本沒什麼人。」

「你想去就去，」彼得回嘴時語帶怒氣與諷刺，「我去恐怕會有點不恰當。我的祖母有部分西班牙血統。」

但矮個兒醫生不放過我們。我們的唱反調和或多或少寫在臉上的憎惡，似乎反而吸引了他。奧托總是向他洩漏我們的底細。某天，醫生正熱烈地談論希特勒時，奧托說：「你最好別對克里斯多福說這些，醫師先生。他是個共產黨！」

這似乎讓醫生大感振奮，雪貂似的藍眼閃著勝利的光芒。他將雙手深情地放在我的肩膀上。

「但你不可能是共產黨！**不可能！**」

「為什麼不可能？」我冷冷地問，邊移開身體。我討厭他碰我。

「因為根本沒有共產主義這回事。那只是個妄想，一種精神疾病。人們只是想像自己是共產黨。他們其實不是。」

「那他們是什麼？」

但他沒在聽。對著我直露出那得意、雪貂似的笑容。

「五年前我也有跟你一樣的想法。但在診所工作的經驗讓我相信，共產主義只不過是種妄想。人們需要的是紀律、自制。你可以相信我這個醫師的話。這些全是我從自身經歷中所瞭解的。」

今早大家全都聚集在我房間，準備好要去游泳。氣氛相當詭譎，因為彼得跟奧托還在持續一場冷戰，是早餐前在他們自己房間就開打了。我翻著書，沒特別去注意他們。突然彼得猛力甩了奧托兩耳光。他們立刻扭打成一團，在房內跌來撞去，弄翻椅子。我袖手旁觀，盡量避開遠一點。場面很好笑，但同時也讓人不悅，因為憤怒讓他們的臉變得陌生又醜陋。不久奧托將彼得壓制在地上，扭著他的手臂：「你夠了沒有？」他不斷問。還咧著嘴笑：在那一刻，他真的很恐怖，敵意讓他醜惡不堪。我知道奧托很高興我在場，因為我的存在對彼得來說是加倍羞辱。於是我笑著離開房間，彷彿整件事只是個玩笑。我穿過樹林到巴布區，在那一頭的海灘游泳。我感覺接下來幾個小時都不想再見到他們任一人。

假若奧托希望羞辱彼得，彼得也以他不同的方式希望羞辱奧托。他想強迫奧托某種程度上屈從他的意志，而奧托本能地拒絕這種臣服。奧托的自私自然而健康，就像頭野獸。如果房裡有兩張椅子，他會毫不猶豫選擇比較舒服的那張，因為他根本沒想過要顧慮彼得的舒適。彼得的自私就沒那麼坦率，比較文明，比較執拗。只要用對方法，他會做出任何犧牲，不論那有多麼不合理或多麼沒必要。但當奧托理所當然似地挑了較好的椅子，彼得立即將此視為不能示弱拒絕的挑戰。依他們倆的個性，我想這情形沒有解套之道。彼得注定要不斷爭鬥以贏得奧托的臣服。而當他最後停止這麼做時，就表示他對奧托完全失去了興趣。

他們的關係中，真正具有毀滅性的問題是那根深蒂固的無聊。彼得在奧托身邊經常感到無聊，這很自然——他們幾乎沒有共同的興趣——但彼得為顧及感情，絕對不會承認。奧托就沒有這種動機去掩飾，於是當他說出：「好無聊喔！」我總是看見彼得臉部一陣抽動，露出痛苦的神色。然而奧托其實遠比彼得更少感到無聊；他發現彼得的陪伴充滿樂趣，很樂於幾乎整天都待在一起。時常，當奧托喋喋不休地說了一小時廢話，可以發現彼得真巴不得他閉上嘴走開。但在彼得眼中，開口承認就等於一敗塗地，所以他只是陪笑和搓手，並暗中示意請我協助，讓他好好裝出一副覺得奧托無比風趣討喜的樣子。

我游完泳，穿過林子返家時，看到像雪貂的金髮矮醫生直朝著我來。要掉頭已太遲。我以盡可能禮貌且冷淡的語氣說「早安」。醫生穿著運動短褲和運動衫；解釋說他在「越野賽跑」。「但我現在應該往回跑了，」他補充說，「要不要陪我跑一小段？」

「恐怕沒辦法，」我脫口說，「我昨天腳踝有點扭到了。」

看到他眼中閃過得意的光芒，我就後悔地想把話吞回去。「啊，你扭傷腳踝？請讓我看看！」儘管嫌惡地扭動著，我還是得屈服於他強而有力的手指。「這沒什麼，我跟你保證，完全不需要擔心。」

我們邊走，醫生邊開始詢問我彼得跟奧托的事。他扭頭仰望我，一次次對我拋出尖銳、好奇的刺探。他簡直要被好奇心淹沒了。

「診所的經驗讓我瞭解，試圖幫助這類男孩是無濟於事的。你的朋友很大方、很好心，但他犯了大錯。這類男孩總是會回頭。從科學觀點來看，我發現他極為有趣。」

彷彿要發出什麼特別重要的宣言，醫生突然在路中間站定，沉默了一下讓我集中注意力，然後微笑地宣告：

「他有顆犯罪頭腦！」

「而你認為應該別管那些有犯罪頭腦的人，讓他們成為罪犯？」

「當然不是。我相信紀律。這些男孩應該被送進勞改營。」

「那你把他們送進去之後，打算怎麼辦？你說無論如何都無法改變他們，所以我猜你是打算就把他們關上一輩子吧？」

醫生愉快地笑著，彷彿這是個關於他自己的笑話，而他仍懂得欣賞。他親暱地將一隻手擱在我的臂上：

「你真是個理想主義者！別以為我不懂你的觀點，但那不科學，相當不科學。你和你的朋友不瞭解奧托這種男孩。我瞭解他們。每週都會有一或兩個這種男孩到我診所來，而我得幫他們動腺樣體、乳突、或扁桃腺手術。所以你懂了吧，我徹徹底底瞭解他們。」

「我想更精確地說應該是，你很瞭解他們的喉嚨和耳朵吧。」

或許我的德語還不足以表達最後這句話的意思。無論如何，醫生完全置若罔聞。「我很瞭解這類男孩，」他重複說，「他們墮落敗壞，你對這些男孩是一籌莫展。他們的扁桃腺幾乎毫無例外都有病。」

彼得和奧托之間總有無休無止的小爭吵，然而我並未真正覺得跟他們在一起生活不愉快。此刻，我正埋首投入新的小說。為此我經常獨自一人，出門散步到遠方。確實，我發現自己越來越常找藉口避開他們倆；這很自私，因為當我在他們身邊，常可以藉著轉移話題或說笑話來化解一場爭端。我知道，彼得對我的離棄很不滿。「你可真是個苦行者啊，」他前幾天尖酸地說，「老是不知躲到什麼地方去沉思。」有次，當我坐在碼頭附近的酒館裡，聆聽著樂團演奏時，彼得跟奧托經過。「原來你都躲在這裡啊！」彼得高聲說道。在那一刻，我知道彼得真的不喜歡我。

有天晚上，我們三人在主大街上漫步，街上滿是夏日遊客。奧托露出他最惡毒的笑容，對彼得說：「你為什麼老要跟我看同一個方向？」這倒是出人意外地千真萬確，不論何時只要奧托轉頭盯著女孩，彼得的眼睛便會冒出忌妒的火焰，自動追隨他的目光。我們經過照相館的櫥窗，窗上每天都會展示海灘攝影師最新拍攝的群眾。奧托停下腳步，非常認真地細看其中一張新照片，彷彿那照片有什麼特別吸引人之處。我看見彼得緊抿雙唇。他內心在掙扎，但無法抗拒妒忌衍生的好奇心——他也停了下來。照片上是一個留長鬍鬚，肥胖的老男人，在搖著柏林旗幟。奧托看見自己的陷阱成功，惡劣地笑了。

晚餐後，奧托固定去庫浩斯飯店或湖邊的酒館跳舞。他不再費心請求彼得的許可；他已經建立起將夜晚留給自己的正當性了。彼得和我通常也會出門，到村子裡去。我們長時間倚靠著碼頭的欄杆，一言不發，俯瞰漆黑水面映照著庫浩斯飯店有如廉價珠寶的燈光，各自陷入沉思。有時我們走進巴伐利亞酒館，而彼得每每爛醉——當他舉起酒杯送往唇邊，那堅定、清教徒般的嘴就會帶著厭惡微微一抿。我什麼都沒說。要說的太多了。我知道彼得希望我針對奧托發表一些挑釁的言論，好讓他趁機大肆發洩情緒。我沒那麼做，光喝酒——不斷隨興漫談著書籍、戲劇和音樂會。之後我們返家時，彼得的腳步會逐漸加快，直到進屋，拋下我衝上樓，直往他的房間去。我們通常都十二點三十至四十五分才到家，但很少發現奧托已經回來了。

火車站旁，有間提供給漢堡貧民窟孩童的安養別墅。奧托認識了其中一位教師，他們幾乎每晚都會一同去跳舞。有時這女孩帶著她的童子軍團會行經我們屋前，孩子們便仰望窗戶，如果碰巧奧托也正朝外看，他們就樂得開起過於早熟的玩笑，還拚命拉扯年輕老師的臂膀，催促她也抬頭朝上望。

碰上這種時候，女孩會含羞帶笑，從睫毛底下瞥奧托一眼；而彼得則在窗簾後看著，從牙縫間擠出幾聲咕噥：「賤貨……賤貨……賤貨……」這種打擾比他們實際上的交情更令彼得不快。我們在林間散步時，似乎老是會碰到這些孩子們。他們邊行進邊唱歌——唱著愛國歌曲——聲音跟鳥鳴一樣尖銳。我們從遠處聽到他們接近，便得急忙掉頭往反方向走。如彼得所說，簡直就像虎克船長碰上鱷魚。

彼得為此跟奧托大吵一架，奧托不得不告訴他朋友，不能再帶著孩童經過屋前。但現在他們開始在我們的海灘游泳，就離沙堡不遠。開始的頭一天早晨，奧托的目光不斷轉向他們那邊。彼得對此當然心知肚明，卻仍陷溺在陰鬱的沉默之中。

「你今天怎麼回事，彼得？」奧托說，「為什麼對我擺張臭臉？」

「對你擺臭臉？」彼得放聲大笑。

「那好吧。」奧托一躍而起，「我知道你不希望我在這裡。」然後他跳過我們的沙堤，開始在沙灘上飛奔，朝老師和她的孩童們而去，姿態非常優雅，盡其所能地展現著他健美的身材。

昨晚在庫浩斯有場節慶舞會。奧托不尋常的大方，跟彼得保證不會晚於一點回來，於是彼得拿了本書熬夜等他。我還不覺疲憊，想要完成手邊的一章，便跟他提議來我房間等。

我工作，彼得閱讀。時間緩緩流過。突然我看了看錶，發現已經兩點十五分。彼得在椅子上打瞌睡。正當我猶豫該不該叫醒他時，聽見奧托上樓。從腳步聲聽來他已經醉了。他發現自己房間沒人，就砰地敲開我的門。彼得嚇了一跳坐起身。

奧托邊笑邊懶洋洋地靠在門柱上，對我歪歪斜斜敬了個禮。「你一直看書到現在嗎？」他問彼得。

「對。」彼得很自制地說。

「為什麼？」奧托愚蠢地笑著。

「因為我睡不著。」

「為什麼睡不著？」

「你清楚得很。」彼得咬著牙說。

奧托用最令人反感的態度打著呵欠。「我不清楚，也不在乎……別小題大作。」彼得從椅上站起來。「你真他媽渾蛋！」他說著使勁朝奧托臉上甩了一巴掌。奧托並沒有企圖阻擋。他那雙明亮的小眼睛惡狠狠地瞪著彼得。「很好！」他聲音有點沉濁地說，「明天我就回柏林。」搖搖晃晃轉過身。

「奧托，回來。」彼得說。我看他氣得快要流淚了。他追奧托到樓梯間，用尖銳的命令語氣再次喊：「回來。」

「哎，別煩我，」奧托說，「我受夠你了。我現在要去睡覺，明天就回柏林。」

然而，今早和平重新降臨——只是代價不低。奧托的懺悔表現在對他家人突如其來的關愛上：「我在這裡享受，從沒想到過他們……可憐的母親得像狗一樣拚命工作，她的肺又不好……彼得，我們寄點錢給她好不好？寄個五十馬克……」奧托的慷慨也讓他想起自己的需求。除了寄錢給諾瓦克太太，奧托還說服彼得替他訂製了一套新西裝，要價一百八十，還有雙新鞋、一件浴袍、一頂帽子。

作為這些花費的回報，奧托自願切斷跟老師的關係。（我們現在發現，不管怎樣，她明天就要離開這座島了。）晚餐後，她來了，在屋外徘徊。

「就讓她等到累，」奧托說，「我不會出去找她。」

不久那女孩因為不耐煩，開始大膽吹起口哨。這讓奧托激動若狂。他扯開窗戶，上上下下手舞足蹈，揮著手臂，對那老師猛做鬼臉；而她似乎被這不可思議的行為舉止嚇呆了。

「給我滾遠點！」奧托吼道，「快滾！」

那女孩轉身，慢慢走開，身影楚楚可憐，沒入漸濃的黑暗中。

「你至少該跟她說聲再見吧。」彼得說。看到敵人已經上路，他現在可以保持雅量了。

但奧托充耳不聞。

「反正，那些爛貨有什麼好的？她們每晚都來纏著我，要我跟她們跳舞……彼得，你也知道我這個人——很容易被人牽著鼻子走……當然，丟下你一個人是我不好，但我能怎麼辦呢？都是她們的錯，真的……」

我們的生活現在進入了新的階段。奧托的決心只是曇花一現。彼得和我幾乎整天都單獨在一起。老師走了，而奧托跟我們一同到海灘游泳的最後誘因也隨之而去。他現在每天早上都到碼頭邊的海水浴場，跟他夜間的舞伴調情打球。矮個子醫生也消失了，彼得和我便可以隨心所欲地游泳或做日光浴，要多懶散都行。

吃完晚餐，奧托去跳舞的例行準備工作就開始了。我坐在臥房，聽見彼得穿過樓梯間，腳步雀躍輕盈，如釋重負──因為現在是一天當中僅有的一段時間，他感覺能完全不對奧托的活動抱持任何興趣。他敲我的門時，我立刻闔上書本。我已經到村中買了半磅的薄荷糖。彼得跟奧托道別，心裡還懷抱著一絲空虛的希望，或許今晚，他會守時：「那十二點半再見……」

「是到一點。」奧托討價還價。

「好吧，」彼得退讓，「到一點，但別超過了。」

「彼得，我不會的。」

奧托在陽台上揮著手，送我們打開花園柵門，穿過馬路進入樹林。我得把薄荷糖小心地藏在外套下，以免被他看到。我們邊內疚地笑，邊津津有味地嚼著薄荷糖，一路穿過林間小徑到巴布。現在我們多半在巴布區打發夜晚，喜歡此地更勝於我們的村子。一條孤伶伶的沙石路，兩旁低矮房屋夾道，四周松木林環抱，有種浪漫、殖民地的氛圍；就像在蠻荒地帶某處一個破敗、失落的拓居地，人們來這裡尋找不存在的金礦，後半生就此飄零無依。

我們在小餐館中吃著奶油草莓，和年輕服務生談天。服務生痛恨德國，渴望去美國。「這裡無聊得要命。」旺季期間，他完全不得閒，而冬天卻一毛錢也賺不到。巴布區的男孩大部分都是納粹。其中兩位有時會進餐廳，跟我們輕鬆愉快地討論政治觀點。還對我們描述他們的野地訓練和軍事遊戲。

「你們是在準備打仗。」彼得憤慨地說。在這種場合——儘管對政治真的一點興趣也沒有——他也會相當激昂。

「抱歉，」其中一位男孩反駁，「這麼說就錯了。元首並不想要戰爭。我們的訓練都是為了和平，為了榮譽。話說回來……」他若有所思地補充，神色煥發，「戰爭也可以是好事啊！想想古希臘人！」

「古希臘人，」我抗議，「可不用毒氣。」

男孩們對這種狡辯有點不屑一顧。其中一位高傲地回答：「那純粹是技術性問題。」

十點半，我們跟隨其他多數居民前往火車站，觀賞最後一班列車抵達。車上通常都是空的。列車跟著響起刺耳的鈴聲，鏗鏗鏘鏘朝著黝暗的樹林而去。最後天色也晚了，差不多該啟程返家；這一次，我們走大路。草地另一頭，可以看見湖邊酒館明亮的入口，奧托就在那兒跳舞。

「今晚地獄可真燈火通明啊。」彼得總要發表幾句意見。

彼得的忌妒轉化成失眠。他開始服用安眠藥，但承認幾乎沒什麼效果，只會讓他隔天吃完早餐後，整個上午都昏昏沉沉。他常會在海灘的沙堡中睡上一兩個小時。

今天早晨天氣陰暗涼爽，海是牡蠣灰。彼得和我租了艘船，划到碼頭外，然後任其漂流，緩緩遠離陸地。彼得點了根菸。他突然說：

「不知道這能持續多久……」

「你想持續多久就多久，大概吧。」

「是啊……我們似乎陷在一種進退維谷的形勢中，對吧？似乎沒有什麼特別的理由會讓奧托和我改變目前對待彼此的方式……」他停了一下，繼續說：「當然，除非我不再給他錢。」

「到時你覺得會發生什麼事？」

彼得手指在水中漫無目的撥弄著。「他會離開我。」

船繼續漂蕩了幾分鐘。我問：「你覺得他完全不在乎你？」

「一開始或許在乎……現在不會了。我們之間現在除了錢什麼都沒有。」

「你還在乎他嗎？」

「不……我不知道。或許吧……有時候，我依然恨他——如果這代表在乎的話。」

「也許是。」

很長一段時間相對無語。彼得用手帕擦乾手指，嘴巴緊張地抽動。

他最後終於開口：「那你建議我怎麼做？」

「你想怎麼做？」

彼得的嘴又抽動了一下。

「或許，其實，我想離開他。」

「那你最好就離開他。」

「越快越好。買個好禮物給他，下午就送他回柏林。」

「馬上？」

彼得搖了搖頭，悲傷地笑：

「我辦不到。」

又是長時間的沉默。然後彼得說：「很抱歉，克里斯多福……我知道你說得完全沒錯。如果我是你，我也會說同樣的話……但我做不到。事情得照原樣繼續下去——直到有什麼事發生。無論如何，這也持續不了多久了……唉，我知道我很軟弱……」

「你不用對我道歉，」我微笑，掩飾心中些許的不快，「我又不是你的心理分析師！」

我拾起槳，開始往岸邊划。船觸到碼頭時，彼得說：

「現在想起來真可笑——我初次見到奧托時，還心想我們會在一起一輩子。」

「真要命啊！」跟奧托一輩子在一起的景象在我眼前閃現，就像漫畫的地獄圖。我狂笑不止。彼得也在笑，緊握的雙手埋在兩膝間，臉從粉紅轉成紅色，再從紅色轉為紫色，血管都凸起了。下船後我們依然笑個不停。

房東正在花園中等我們。「真可惜啊！」他高聲說，「兩位先生遲了一步！」他指著草地那頭，朝湖的方向。可以看見煙從白楊樹梢升起，小火車正開出車站：「你們的朋友突然非得趕回柏林不可，有緊急要事。我還希望兩位來得及送他。可惜啊！」

這一次，彼得和我都飛奔上樓。彼得的臥房一團混亂——所有的抽屜跟櫃子都被打開。有一張便條擱在桌上，上面是奧托潦草難辨的字跡：

親愛的彼得。請原諒我無法再忍受這裡所以我回家了。

愛你的奧托
別生氣

（我發現，奧托是寫在從彼得其中一本心理學書籍撕下來的扉頁上，書名為：《超越享樂原則》（Beyond the Pleasure-Principle））

「這……！」彼得的嘴開始抽搐。我緊張地偷覷著他，預期會有激烈的情緒失控，但他似乎相當冷靜。過了一會兒，他走向櫥櫃，開始檢查抽屜。「他沒拿走太多東西。」搜索完之後他宣佈，「只有我的兩條領帶，三件襯衫——幸好我的鞋尺寸跟他不合！——還有，我瞧瞧……差不多兩百馬克……」彼得開始有點歇斯底里地笑：「整體而言，還真客氣！」

「你認為他是突然決定要離開的嗎？」我問，好歹得說點什麼。

「大概是吧。這正像他的作風……現在回想起來，今天早上我跟他說過我們要乘船出海——他問了我們會不會去很久……」

「我明白了……」

我坐在彼得的床上——想著，說也奇怪，奧托終於做了件讓我有點尊敬的事。

彼得歇斯底里的高亢情緒延續了一整個早上；午飯時他變得憂鬱，一句話也不說。

「我得去打包了。」吃完飯他對我說。

「你也要走？」

「當然。」

「去柏林？」

彼得笑了。「不是，克里斯多福。別大驚小怪！只是回英國……」

「哦……」

「有班車能讓我今晚抵達漢堡。我大概會再從那邊轉車繼續走……我覺得自己必須不斷前進，直到離開這該死的國家為止……」

已經沒什麼好說的了。我默默地幫他打包。當彼得將刮鬍鏡收進行李時，他問：「你記得奧托怎麼打破這個的嗎？那次倒立？」

「我記得。」

打包完之後，彼得走到房間外的陽台，他說：「今晚，這外面會有很多口哨聲。」

我笑著說：「我得下樓去安慰她們。」

彼得大笑：「是啊，辛苦你了！」

我送他到車站。幸運地，火車司機在趕時間，列車只停了幾分鐘。

「你到了倫敦要做什麼？」我問。

彼得嘴角下垂，給了我一個苦笑：「大概再找個心理分析師吧。」

「記得要殺點價！」

「我會的。」

火車起動，他揮著手：「再見了，克里斯多福。多謝你精神上的支持！」

彼得沒提到要我寫信給他，或是去他家拜訪。我猜他想忘了這個地方，以及所有相關的人。我不怪他。

就在當天晚上，我翻著一本一直在讀的書時，發現了另一張奧托的紙條，從書頁間滑落。

拜託親愛的克里斯多福別同樣也對我生氣，因為你不像彼得那麼白癡。你回到柏林時我會來看你，因為我知道你住哪；我在你的信上看過你的地址，我們可以好好聊聊。

你的摯友
奧托敬上

我心想，不知何故，他不會這麼容易打發。

其實，我這一兩天也打算回柏林了。我本以為會待到八月底，或許把小說寫完，但突然間，這地方顯得好冷清。我想念彼得跟奧托，還有他們每日的爭吵，程度遠超乎我預期。而奧托的舞伴們也不再悲傷地於暮光之中流連，於我的窗下徘徊。

149 呂根島（1931年　夏）

諾瓦克

水門街的入口是座巨型石拱門，有點老柏林的味道，上面畫有鐵錘跟鐮刀，以及納粹的十字符號；同時也貼滿了破爛不堪的海報傳單，多是公開拍賣或罪犯緝拿告示。這是一條幽深、破落的鵝卵石街巷，到處都是或躺或坐，哭哭啼啼的小孩。穿羊毛衣的年輕小伙子騎著自行車在街上悠悠蛇行，對提著牛奶罐經過的女孩高聲呼嘯。人行道上有人用粉筆畫了類似跳房子的遊戲。街尾好似立著一具高聳、尖得嚇人的紅色儀器，是一座教堂。

諾瓦克太太親自來替我開門。她的氣色比我上次見到時更不好，眼下掛著深深的大眼袋。她戴著同樣的帽子，穿著骯髒的黑色舊外套。一開始，她沒有認出我。

「午安，諾瓦克太太。」

她的表情慢慢從疑神疑鬼，轉變成明亮、羞怯，幾乎是少女般的歡迎笑容：

「唷，這不是克里斯多福嘛！快請進，克里斯多福先生！請進來坐。」

「不會打擾吧，您是不是正要外出呢？」

「不是、不是，克里斯多福先生——我才剛進門，就前一分鐘。」她急忙將雙手在外套上擦了擦，才跟我握手：「今天是我幫傭的日子，要到兩點半才能結束，所以到現在晚餐都還沒弄。」

她側身讓我進門。我推開門，結果敲到爐上煎鍋的把手，爐子就剛好在門後方。狹小的廚房裡幾乎無法同時容納我們兩人。用廉價人造奶油煎過的馬鈴薯那令人窒息的味道瀰漫在整個屋內。

「進來坐，克里斯多福先生。」她重複，急著要盡主人之誼。「家裡非常亂，要請你見諒。我一早就得出門，而我的葛蕾特又是個大懶蟲，雖然她已經十二歲了，但若不從頭到尾在一旁盯著，別指望她會做任何事。」

客廳天花板是傾斜的，上面散布著因陳年濕氣形成的斑點。其中擺設了一張大桌、六張椅子、一座餐具櫃和兩張大雙人床。家具太過擁擠，以至於得側身才能勉強通行。

「葛蕾特！」諾瓦克太太吼道，「你在哪裡？馬上給我出來！」

「她出去了。」奧托的聲音從裡面房間傳來。

「奧托！快來瞧瞧誰來了！」

「現在沒空，我正忙著修留聲機。」

「還真忙勒！你啊！你這沒用的東西！跟你媽這樣說話的啊！給我出來，你聽見沒？」

她瞬間自動火冒三丈，勢頭驚人。整張臉糾結在一起：瘦削、氣憤、激動。全身氣得發抖。

「沒關係的，諾瓦克太太。」我說，「等他想出來再出來，這樣他會更加驚喜。」

「我還真有個好兒子！這樣對他媽說話。」

她已摘掉帽子，正從網袋中拿出油膩膩的包裹來拆：「老天，」她抱怨，「不知道那孩子跑到哪裡去了？老是在街上混，都跟她說過幾百遍了，小孩子就是不會想。」

「諾瓦克太太，你的肺還好嗎？」

她嘆氣：「有時我覺得似乎比之前還糟。會像著火一樣，就這裡。當我工作完又好像累得吃不下。會變得很暴躁……我想醫生自己也不滿意。他提到冬天要送我去療養院。你知道嗎，我之前就去過。但總是有這麼多人在等待……另外，這屋裡每年此時都這麼潮濕。你看到天花板那些斑點了嗎？有時候我們還得放洗腳盆在下面接漏水。當然，他們其實不該讓人居住在這種閣樓。督察人員再三告誡過他們。但你能怎麼辦呢？人總要有地方住啊。我們一年多前就申請過遷居，他們也一再保證會處理。但我敢說，一定還有很多人更貧窮更困苦……我丈夫前幾天在報紙上讀到關於英國人和英鎊的新聞。上面說英鎊一直跌。這些事我不懂。希望你沒損失什麼錢吧，克里斯多福先生？」

「事實上，諾瓦克太太，我今天來拜訪你，部分也是出於這個原因。我決定搬到便宜一點的地方，想請問這附近你有沒有可以推薦的房子？」

「老天，克里斯多福先生，真遺憾！」

她真的相當震驚：「但你不能住在這一區——像你這樣的紳士怎麼可以！不行，這裡恐怕完全不適合你。」

「或許，我沒你想得那麼挑剔。我只需要一個安靜、整潔，一個月差不多二十馬克的房間。再狹小都無所謂，我整天幾乎都在外面。」

她懷疑地搖著頭：「這樣的話，克里斯多福先生，我再想想看有沒有什麼……」

「晚餐還沒好嗎，媽媽？」奧托問，僅著襯衫出現在裡面的房門邊：「我快餓死了！」

「我整個早上都得替你做牛做馬，現在怎麼可能準備好啊，你這懶鬼！」諾瓦克太太使盡全力尖聲怒吼。然後，毫無滯礙瞬間轉換成逢迎的社交口吻，她補充：「你沒見到誰在這裡？」

「咦……是克里斯多福啊！」奧托一如往常，馬上演了起來。極端的喜悅有如旭日慢慢照亮他整張臉。笑容在臉頰上掛起酒窩。他飛奔向前，一隻手臂圈住我脖子，緊握著我的手：「克里斯多福，你這老鬼，這段時間都躲到哪裡去了啊？」他的聲音變得可憐兮兮，帶著責備：「我們好想你喔！你怎麼從不來看我們？」

「克里斯多福是個大忙人，」諾瓦克太太以指責的口吻插話，「他沒時間浪費在你這種無所事事的人身上。」

奧托咧嘴而笑，對我眨了眨眼，然後轉向諾瓦克太太數落道：

「媽媽，你在想什麼啊？你要讓克里斯多福乾坐在那兒，連杯咖啡都沒有？爬了這麼多樓梯，他一定很渴！」

「奧托，你是指你自己渴了吧？謝謝，不用了，諾瓦克太太，我什麼都不需要——真的。我也不再耽誤你做飯……奧托，你現在有沒有空出來，幫我一起找房子？我剛跟你母親說要搬來這一區住……要喝咖啡的話我們到外面喝。」

「什麼，克里斯多福——你要搬來這兒，搬到哈勒門！」奧托開始興奮得手舞足蹈：「唷，媽媽，這是不是太棒了！耶，我太高興了！」

「你就跟克里斯多福先生去附近看一看吧，」諾瓦克太太說，「晚餐至少要一個小時才會好。你在這裡也只是礙手礙腳。當然不是指你，克里斯多福先生。你會回來跟我們一起吃點東西吧？」

「諾瓦克太太，你真是太客氣了，但今天恐怕不行。我得早點回家。」

「媽，走之前給我片麵包吧，」奧托可憐兮兮地哀求，「我餓得像陀螺般暈頭轉向。」

「好吧，」諾瓦克太太說，切下一片麵包，惱火地輕拋給他，「但晚上屋裡沒東西讓你做三明治時，可別怪我……再見，克里斯多福先生。你能來看我們真好。如果你真決定住在附近，希望能常來……不過我懷疑你能找到中意的屋子。你肯定不會習慣這裡……」

奧托正要跟著我走到屋外時，諾瓦克太太把他叫回屋內。我聽見他們爭吵；然後門關上了。我慢慢沿階梯走下五層樓，來到中庭。儘管頭頂的天空有太陽在雲端閃耀，樓底的院子仍陰暗潮濕。破掉的桶子、少了輪子的嬰兒車、單車輪胎的碎片四散各處，像是掉到某個井裡的東西。

過了一兩分鐘，奧托才咚咚地走下樓梯跟我會合：

「媽媽不好意思問你，」他上氣不接下氣地說，「她怕你會生氣……但我說你肯定寧願跟我們在一起，在這裡你想做什麼就做什麼，也知道所有東西都很乾淨，好過去住一間到處是蟲的陌生屋子……你就答應吧，克里斯多福，拜託！一定會很好玩！你跟我可以睡在裡面的房間。你可以睡陸塔的床——他不會介意。他可以跟葛蕾特睡一張床……而你早上想睡多晚就睡多晚。想要的話，我還可以送早餐到床邊……你會來住吧？」

於是就這麼說定了。

我入住諾瓦克家的第一天晚上受到盛大歡迎。我提著兩個行李箱在剛過五點時抵達，發現諾瓦克太太已經在煮晚餐了。奧托悄悄告訴我晚餐是燉豬肺，特別招待的。

「你恐怕不會太喜歡我們的食物，」諾瓦克太太說，「畢竟跟你以前吃的很不一樣。但我們會盡力而為。」她滿臉笑容，興致勃勃。我不斷微笑，感覺既尷尬又礙事。最後，我攀爬過客廳的家具，在我的床邊坐下。沒有空間可以攤開行李，而且顯然也沒有地方可以放衣服。葛蕾特在客廳的桌上玩香菸牌卡。她是個大塊頭的十二歲小孩，長得還挺甜，但有點過胖且彎腰駝背。我的存在讓她很不自在。她忸怩、傻笑，不斷用一種刻意、平板、「成年人」的聲音喊：

「媽咪！快來瞧瞧這些美麗的花！」

「我沒時間看什麼花，」最後，諾瓦克太太氣沖沖地大聲回應，「我有個跟大象一樣龐大的女兒，卻得自己一個人累個半死煮晚餐！」

「說得沒錯，媽媽！」奧托高興地大聲附和。他轉向葛蕾特，義正詞嚴地說：「我倒想知道，你為什不去幫忙？你也夠胖了，卻整天坐著不動。給我馬上站起來，你聽見沒！把那些髒卡片收起來，不然我就拿去燒了！」

他一手抓住那些牌卡，另一手甩了葛蕾特一耳光。葛蕾特顯然沒受傷，卻立刻誇張地嚎啕大哭起來：「呀，奧托，你弄傷我了！」她用雙手遮住臉，並從手指縫隙間偷看我。

「你別去惹那孩子行不行啊！」諾瓦克太太在廚房尖聲高喊。「我倒想知道你有什麼臉敢說別人懶！而你啊，葛蕾特，不准哭了——不然我會叫奧托好好揍你一頓，讓你哭個夠。你們兩個快把我搞瘋了。」

「媽媽啊！」奧托跑進廚房，環抱著她的腰，開始親吻她：「我可憐的媽咪、娘親、母親大人啊，」他用最噁心的關懷口氣深情說著，「你工作得那麼辛苦，奧托又常惹你生氣，但他不是故意的——他只是笨……我明天去幫你挑煤好不好，媽咪？這樣你會高興嗎？」

「放開我，你這大騙子！」諾瓦克太太說，一邊笑一邊在掙扎，「我不要你來灌迷湯！你哪會關心你可憐的老媽子啊！讓我安安靜靜做事吧。」

「奧托不是個壞孩子，」等奧托終於放開她，她繼續對我說，「但就是沒什麼腦袋。跟我的陸塔正好相反——他可真是模範兒子！不會嫌棄任何工作，不管是做什麼，而且當他攢了幾分錢，不會自己拿去花掉，而是來跟我說：『媽，給你，拿去幫自己買雙暖和的居家鞋好過冬吧。』」諾瓦克太太向我伸出手，一副要給我錢的樣子。跟奧托一樣，她慣於當場演出自己描述的場景。

「老是陸塔這樣，陸塔那樣，」奧托憤憤地插話，「永遠都是陸塔。但你說啊，媽媽，是誰前幾天給了你二十馬克？陸塔要工作多久才賺得到二十馬克啊。如果你要這樣說，就別期待還會有那麼多錢了；就算跪著來求我也一樣。」

「你這小渾蛋，」她立刻又豎起全身的刺，「在克里斯多福先生面前說這些東西，你都不會羞愧嗎！哎喲，要是他知道那二十馬克——及其他更多的錢——從哪來的，肯定不屑跟你在同一間屋裡多待一分鐘；而他這樣做對極了！你也真夠厚臉皮的——敢說是你給我錢！你明明知道要不是你爸看到那個信封……」

「說對了！」奧托大吼，像隻猴子對著她擺鬼臉，並開始興奮地手舞足蹈。「正合我意！快跟克里斯多福承認是你偷的！你是個小偷！你是小偷！」

「奧托，你好大膽子！」盛怒之下，諾瓦克太太一手抓起平底鍋的蓋子。我往後跳一步，避免被波及，卻絆到椅子，一屁股跌坐在地。葛蕾特刻意發出一聲夾雜歡愉與擔憂的尖叫。門打開。是諾瓦克先生下班回家了。

他是個強壯、粗矮的男人，留著兩撇尖鬍子、修剪得很短的頭髮、及濃密的眉毛。登場時半打嗝般長長哼了一聲。他顯然並不明白發生了什麼事；或只是根本不在乎。諾瓦克太太什麼也沒對他說。她把鍋蓋悄悄掛回鉤子上。葛蕾特從椅子上跳起來，張開雙臂飛奔過去：「爹地！爹地！」

諾瓦克先生低頭對著她微笑，露出兩三顆被尼古丁染黃的牙齒。他彎腰抱起她，熟練而小心，帶著某種欣賞與好奇，像是在抱一個珍貴的大花瓶。他的職業是家具搬運工。然後他伸出手——不急不徐，親切卻不過分矯情：

「你好，先生！」

「克里斯多福先生來跟我們同住，你高不高興，爹地？」葛蕾特攀著她父親的肩膀，用她甜美平板的語調說道。一聽到這話，諾瓦克先生彷彿突然間獲得新能量，開始更加熱情地握手，並大力拍著我的背：

「高興？我當然高興囉！」他點著頭表達強烈贊同。「英國人？**英國人**＊？哈哈，沒說錯吧？是啊，你瞧，我會說法語。現在大部分都忘了。戰時學的。我是**士官**——上過前線。跟很多俘虜說過話。都是好傢伙。跟我們都一樣……」

「你又喝醉了，老爹！」諾瓦克太太嫌惡地大聲說，「克里斯多福先生會怎麼想啊！」

「克里斯多福不會介意；是吧，克里斯多福？」諾瓦克先生拍拍我的肩膀。

「什麼克里斯多福啊！應該稱呼克里斯多福先生才對！一個紳士在面前你看不出來嗎？」

「你叫我克里斯多福就行了。」我說。

「沒錯！克里斯多福說得對！我們都是血肉之軀……**金錢**、**金錢**——都是一樣的東西嘛！哈哈！」

＊此角好賣弄法文，句中不時穿插法文字，原文沿用之處以不同字體標示，後文亦同。

奧托拉住我另一隻臂膀：「克里斯多福已經是這家庭的一份子了！」

稍後我們坐下來享用一頓豐盛的大餐，有燉豬肺、黑麵包、麥芽咖啡和水煮馬鈴薯。諾瓦克太太頭一遭手邊有那麼多錢可以花（我預付了十馬克作為當週伙食費），於是大手筆準備了夠一打人吃的馬鈴薯。她不斷從一個大鍋中將馬鈴薯舀到我的盤子裡，直到我快要窒息為止：「多吃一點，克里斯多福先生，你都沒吃什麼。」

「我這輩子從沒吃過這麼多東西，諾瓦克太太。」

「克里斯多福不喜歡我們的食物。」諾瓦克先生說，「沒關係，克里斯多福，你會習慣的。奧托剛從海邊回來時也是一樣。跟著他的英國人享受了各種好東西……」

「閉上你的嘴，老爹！」諾瓦克太太警告說。「你就不能少管那孩子嗎？他已經夠大，可以自己決定什麼是對或錯了——因此他更該感到羞恥！」

陸塔進屋時我們還在吃。他將帽子丟到床上，禮貌卻沉默地跟我握手，並微微欠身，然後在桌邊坐下。我的存在似乎一點也未引起他的驚訝或興趣：跟我沒有什麼眼神交會。我知道他只有二十歲，但看上去不只這年齡。他已經是個男人了。奧托在他身旁幾乎顯得有點孩子氣。他有張瘦削、骨凸的農夫臉，上面彷彿刻畫著一族人面對荒蕪田地的痛苦回憶。

「陸塔在念夜校，」諾瓦克太太驕傲地跟我說，「他曾在一間修車廠工作；而現在想讀工程。當今除非你有個什麼文憑，不然哪裡都別想找到工作。你得瞧瞧他的畫，克里斯多福先生，等你有空的時候。老師都說真的畫得很好。」

「我很樂意瞧瞧。」

陸塔沒有回應。我同情他，也感覺自己有點愚蠢。但諾瓦克太太決心要好好將他炫耀一番：

「你哪幾天晚上有課，陸塔？」

「週一和週四。」他執意一口一口繼續吃著，看也不看他的母親。然後或許為了表示不是惡意擺我臉色，他補充說：「從八點到十點半。」晚餐一結束，他就一言不發起身，跟我握了握手，同樣微微鞠個躬，拿了他的帽子出門。

諾瓦克太太目送他離開，然後嘆氣道：「大概又去找他的納粹朋友了。我常希望他別跟他們來往。那些人灌輸他各種無聊的想法，讓他靜不下來。自從他加入他們之後，就完全變了一個人……我是不懂這些政治上的事啦，但我總是覺得——為何不能恢復帝制呢？不管怎麼說，那都是美好的時光。」

「嘿，去你的老皇帝，」奧托說，「我們要的是共產革命。」

「共產革命！」諾瓦克太太哼地一聲說，「那只是理想！共產主義者全都是跟你一樣沒用的懶鬼，一輩子沒做過一天正經工作。」

「克里斯多福是共產主義者，」奧托說，「沒錯吧，克里斯多福？」

「恐怕不是很稱職。」

諾瓦克太太笑道：「接下來你又要跟我們胡說八道什麼了！克里斯多福先生怎麼可能是共產主義者？他是個紳士。」

「我的看法是——」諾瓦克先生放下刀叉，用手背小心地擦了擦鬍子：「我們全都生而平等。你跟我一樣好；我也跟你一樣好。法國人跟英國人一樣好；英國人跟德國人一樣好。你懂我的意思嗎？」

我點點頭。

「就拿戰爭為例——」諾瓦克先生將椅子從桌邊往後推，「有天我在一座森林中。單獨一人，你懂吧。我就像越過街道般，一個人穿過樹林……突然間——我面前站著一個法國人，彷彿是從土裡冒出來似的。他距離我不會比現在的你更遠。」諾瓦克先生邊說邊站起身，抓起桌上的麵包刀，像刺刀般舉在身前，擺出防衛的姿勢。濃密眉毛下的雙眼怒視著我，重現當時的景況：「我們站在那兒，瞪著對方。那個法國人臉色像死人一樣蒼白。忽然他哭喊：『別開槍！』就像這樣。」諾瓦克先生雙手交握，擺出可憐的求饒姿態。麵包刀現在成了累贅：他把刀放在桌上。

「『別開槍！我有五個孩子。』（當然，他是說法文：但我聽得懂。那時候我可以說流利的法文；不過現在已經忘掉一些了。）我望著他，他也望著我。然後我說：『阿米。』（那是法文的朋友。）接著我們握手。」諾瓦克先生滿懷情感地執起我的雙手，用力緊握。「後來我們開始慢慢走開——用倒退的；我可不想讓他從背後偷襲。」諾瓦克先生依然瞪著前方，並開始一步步謹慎地向後倒退，直到猛地撞上餐具櫃。一個相框跌落，上面的玻璃碎裂。

「爹地！爹地！」葛蕾特樂得高喊，「瞧瞧你闖的禍！」

「總該學到教訓了吧，別再胡鬧了，你這老小丑！」諾瓦克太太氣憤地叫罵。葛蕾特開始刻意大聲狂笑，直到奧托賞她耳光，讓她再次上演假惺惺的哀鳴。在此同時，諾瓦克先生對他老婆一下子親吻，一下子捏臉頰，讓她怒氣為之一消。

「走開，你這老不修！」她笑著抗拒，暗地裡很高興我在場：「離我遠點，你渾身酒味！」

那段時期，我有很多課要教，幾乎整天都不在家。我的學生散布在城西的高級住宅區——都是富裕、保養得宜的女人，跟諾瓦克太太年齡相近，但看起來年輕十歲；無聊的下午，丈夫都在公司上班，她們此時喜歡來點英語會話作為嗜好。我們坐在開放式壁爐前，腳下是絲綢坐墊，討論的是《針鋒相對》（Point Counter Point）和《查泰萊夫人的情人》（Lady Chatterley's Lover）。男僕會端著茶和奶油吐司進來。有時候，當她們厭倦了文學，我就講講諾瓦克一家人的事來娛樂她們。然而，我小心避免說出自己住在那裡：承認自己真的很窮對這份工作並不利。那些女士們每小時付我三馬克；付得有點心不甘情不願，還都曾盡力想將費用殺到兩馬克五十芬尼。其中多數也試過，或蓄意或下意識地，要誘騙我待超過授課時間。因此我老是得隨時注意鐘。

沒什麼人想在早上上課，於是我通常比諾瓦克家的人都晚起得多。諾瓦克太太要去幫傭；諾瓦克先生去家具搬運公司上班；陸塔沒工作，但在幫一個朋友送報；葛蕾特去上學。只有奧托跟我作伴；除了某些早晨，他在母親無休無止的叨唸下，被趕到勞工局替失業卡蓋章。

吃完早餐（一片沾肉汁的麵包配上一杯咖啡），奧托會脫光睡衣褲，開始做運動，對空練拳或倒立，不斷繃起肌肉想博取我的讚嘆。他會蹲踞在我的床上，跟我說他的故事：

「克里斯多福，我有沒有跟你說過我看到鬼手的經歷？」

「我想沒有。」

「那聽好了……有一次，我很小的時候，晚上躺在床上。很晚了，四周非常暗。我突然醒來，看到一隻黑色大手在空中展開。我嚇得叫都叫不出來，只能縮腿貼著下巴，直盯著那手。然後過了一兩分鐘，手就消失了，我大叫出聲。媽媽衝進房間，我說：『媽媽，我看到鬼手了。』但她只是笑，一點都不相信。」

奧托那張純真的臉，掛著兩個酒窩，就像塊小圓麵包，現在變得非常嚴肅。他那不可思議的雙眼又小又亮，凝視著我，集中起他所有的敘事能力：

「接著呢，幾年後，我跟一位室內裝潢師傅當學徒。有一天——那時是上午，大白天——我正坐在凳子上工作。突然，房裡似乎全暗了下來，我抬起頭，鬼手就在那兒，距離我就像你現在這麼近，整個籠罩著我。我感覺手腳都變得冰冷，不能呼吸，也不能出聲。師傅看到我臉色發白，就問說：『咦，奧托，你怎麼了？不舒服嗎？』當他跟我說話時，那手似乎又離我遠去，越變越小，直到成為一個黑點。於是我再次抬頭時，房間裡就跟平常一樣相當明亮，而之前看到黑點的地方，現在有隻大蒼蠅正緩緩爬過天花板。但我一整天都很不舒服，師傅不得不放我回家。」

奧托在詳述這段往事時，面孔變得很蒼白。有一瞬間，真的有一種恐懼的神色閃過他臉上。他陷入愁雲慘霧，小眼睛閃著淚光：

「總有一天我會再見到那鬼手，那就是我的死期了。」

「胡扯，」我笑著說，「我們會保護你。」

奧托悲傷地搖搖頭：

「希望如此，克里斯多福。但恐怕沒辦法。鬼手最終一定會抓住我。」

「你跟了裝潢師傅多久？」我問。

「哦，不久，只有幾個禮拜。師傅對我好嚴苛，老是指派我最艱難的工作──而我那時候還只是個小鬼頭而已。有一天我遲到了五分鐘，他就大發雷霆，罵我**該死的狗雜種**。你以為我會默默忍受嗎？」奧托前傾，將臉貼向我，表情糾結猙獰，像猴子般橫眉豎目。「**不會！我才不會！**」他的小眼睛帶著野獸似的強烈敵意緊盯著我好一陣子；糾結的臉孔變得極其醜惡。然後他的五官放鬆下來，我不再是裝潢師傅了。他仰著頭，露出牙齒，開懷純真地大笑：「我假裝要打他，把他嚇個半死！」於是他模仿一個受驚的中年男子躲拳頭的動作，然後縱情地笑。

「所以你得離開？」我問。

奧托點頭，臉色慢慢變了。他又再次鬱鬱寡歡。

「你的父親跟母親怎麼說？」

「喔，他們一向不贊同我。從我小的時候開始就是這樣。如果有兩塊麵包，媽媽總是會把較大的那一塊給陸塔。我每次抱怨他們都回說：『去工作。你夠大了，要吃自己去賺。我們為什麼要養你？』」奧托由衷地自憐，濕了眼眶：「這裡沒人瞭解我，沒人對我好。他們全都討厭我，希望我死。」

「奧托，你怎麼能說這種話！你的母親肯定不討厭你。」

「可憐的媽媽！」奧托同意。他立即改變語氣，似乎完全不知道剛才說了些什麼：「真慘。我一想到她每天那樣拚命工作就受不了。你知道嗎，克里斯多福，她病得非常非常重。她晚上經常會連咳好幾個小時。有時候還會吐血。我躺在床上心想她是不是要死了。」

我點頭，但仍不由自主開始笑。不是我不相信他說的關於諾瓦克太太的事，而是蹲伏在床上的奧托本人，肉體上是如此充滿生氣，裸露的棕色身軀如此健美油光，使得他談到死亡時顯得荒唐可笑，像是一個濃妝豔抹的小丑在描述一場喪禮。他必定明白這點，因為他報以微笑，對我明顯的麻木不仁一點也不覺驚訝。他伸直雙腳，彎身前傾，毫不費力用雙手抓住腳：「這你能辦到嗎，克里斯多福？」

他突發奇想，高興地問：「克里斯多福，如果我給你看些東西，你能發誓不對任何人說嗎？」

「好啊。」

他起身到床下翻找。窗邊一塊角落的地板鬆了：他抬起地板，撈出一個曾用來裝餅乾的錫罐。罐子裡滿是信件與相片，奧托把這些全攤在床上：

「媽媽要是發現這些，會全部都拿去燒了……你看，克里斯多福，她怎麼樣？她的名字叫希兒妲，我在跳舞的地方認識的……這是瑪麗，她的眼睛漂亮吧？她為我瘋狂——其他男孩都很忌妒。但她不是我喜歡的型。」奧托認真地搖了搖頭：「說來奇怪，一旦知道某個女孩對我有意思，我就對她沒興趣了。我想跟她一刀兩斷；但她跑來這裡，在媽媽面前大鬧了一場。所以我偶爾得去見見她，安撫她……還有這位是楚德——說實話，克里斯多福，你相信她二十七歲嗎？千真萬確！那副身材可真不得了是吧？她住在西區，有一間自己的房子耶！她離過兩次婚了。我可以隨時去找她。這裡有張她弟弟幫她拍的照片。他想要拍我們倆的合照，但我不肯。我怕他之後會拿去賣——弄不好是會被逮捕的，你也知道……」奧托嘻嘻作笑，遞給我一疊信：「來，讀讀看；會讓你笑出來。這封是來自一位荷蘭人，他有一輛我這輩子見過最大台的車。我春天跟他在一起。他偶爾會寫信給我。爸爸得到了風聲，現在都會檢查信封裡有沒有放錢——下流的老狗！但我自有妙計！我已經告訴所有朋友將信寄到街角的麵包店。麵包師傅的兒子是我的死黨……」

「你有彼得的消息嗎？」我問。

奧托嚴肅地凝視著我一會兒：「克里斯多福？」

「怎麼？」

「能幫我一個忙嗎？」

「什麼事？」我小心翼翼地問。奧托總是會挑最意想不到的時刻借點小錢。

「拜託……」話裡帶著溫和的責備，「拜託別再對我提到彼得的名字……」

「噢，好。」我說，有點措手不及，「你不想提就不提。」

「你知道嗎，克里斯多福……彼得傷我非常深。我以為他是朋友。結果，突然間，他就拋下了我——獨自一人……」

在這濕冷的秋天，陰暗的庭院裡總有霧氣縈繞不散，街頭歌者和音樂家在此輪番上陣演出，幾乎不曾間斷。有幾個彈曼陀林的男孩團體、一名拉手風琴的老人、一名父親帶著幾個小女兒一同合唱。最受歡迎的曲子無疑是：〈青年之歌〉（Aus der Jugendzeit）。我經常一個早上聽到十幾次。女孩們的父親已經癱瘓，只能像驢子般發出絕望的喉音，但他的女兒們唱起歌來卻充滿魔鬼似的精力：「她來，她不來！」她們齊聲高唱，像是惡魔在空氣中歡慶人類的挫敗。偶爾會有一個硬幣，用報紙的一角裹著，從高處的窗戶擲下來，打在路面上，像顆子彈般彈跳，但小女孩們從不退縮。

有時家庭探訪護士會來看諾瓦克太太，對床位的安排搖了搖頭，又走了。住屋督察員是一位蒼白的年輕男子，穿著開領衫（顯然是他固定的打扮），也常來拜訪，寫了一大堆筆記。他跟諾瓦克太太說，閣樓是絕對不衛生、不適合居住的。說這些話的時候略帶有一點指責的味道，好像我們自己也要負部分的責任。諾瓦克太太極其痛恨這些來訪。她認為他們都只是想要監視她。一直有種恐懼在她心頭揮之不去，那就是護士或督察員會在屋內凌亂不堪的某一刻闖進來。猜疑如此之深，以至於她甚至會撒謊——假裝屋頂的漏水不嚴重——好盡快把他們趕出屋子。

另一個固定的訪客是猶太裁縫師兼服飾商，以分期付款的方式販售各種服裝。他矮小、和善且非常具說服力。他整天都在這一區挨家挨戶拜訪，這邊收五十芬尼，那邊收一馬克，一點一滴湊起他不穩定的生計，就像隻母雞在這片顯然十分貧瘠的土地上啄食著。他從不逼人還錢；而喜歡慫恿債務人買更多他的商品，開啟一連串新的應付款項。兩年前，諾瓦克太太花三百馬克替奧托買了一套西裝和一件大衣。西裝和大衣早就穿破了，但錢遠遠沒還完。我入住後不久，諾瓦克太太在葛蕾特的衣服上又投資了七十五馬克。裁縫完全沒有異議。

整個社區都欠他錢，然而他並非不受歡迎。他享受做一個公眾人物的處境：接受人們不帶真正惡意的咒罵。「或許陸塔說得對，」諾瓦克太太有時候會說，「等希特勒上台，會給這些猶太人一點顏色瞧瞧。到時他們就不敢那麼厚臉皮了。」但當我提醒要是希特勒掌權，會把所有裁縫師都除掉，諾瓦克太太就會立刻語氣一轉：「噢，我可不希望發生這種事。畢竟，他做得衣服非常好。而且，如果手頭有困難，猶太人總是會給你時間。你找不到基督徒會讓人賒那麼多帳的……克里斯多福先生，你問問這附近的人：他們絕不會把猶太人趕走。」

奧托一整天都悶悶不樂地在閒蕩——不是在屋內晃來晃去，就是在樓下庭院的出入口跟朋友聊天——接近傍晚他才會開始提起精神。當我工作完回來，常發現他一身毛衣配燈籠褲，已經換成了最好的西裝，肩墊得老高，內搭窄小貼身的雙排扣背心，下身則是一條喇叭褲。他有為數可觀的領帶，至少要花半小時挑選並打出滿意的結。他笑嘻嘻地站在廚房那面裂開的三角鏡前，粉紅色的李子臉志得意滿地掛著酒窩，完全不顧一旁的諾瓦克太太抗議他礙事。晚餐一結束，他就去跳舞了。

我晚上通常也會出門。不管有多累，我都沒辦法在晚餐後立即上床睡覺：葛蕾特和她的父母常常九點就上床。我會去看電影，或到酒館坐坐，讀讀報紙，打打呵欠。沒有什麼其他事好做。

街尾有一間酒窖，名為「亞歷山大賭場」。這地方是奧托有天晚上碰巧跟我一同出門時告訴我的。從街道往下走四層階梯，打開門，將隔絕風勢的沉重皮門幔撥開，就會發現自己身處幽長、低矮、昏暗的房間內。室內張燈的是中國式紅色燈籠，結綵則用滿布灰塵的紙飄帶。沿牆擺放著幾張藤桌和破舊的長椅，椅子看上去像來自英國三等鐵路車廂。底端有個格子結構的壁龕，架上用鐵絲纏著盛開的假櫻花。整個地方瀰漫著啤酒的濕氣。

我曾來過這裡：一年前，有段時間，弗里茨溫德常在週六夜晚帶我去城中的低級酒館或俱樂部「見識見識」。這裡就跟我們之前來時沒兩樣；只是少了點罪惡，少了點個性，不再象徵某種關於存在意義的龐大真理——因為這次，我一點都沒醉。同一位老闆，一名前拳擊手，將大肚子擱在吧檯上。同一位卑躬屈膝的服務生，身穿筆挺白外套，拖著腳步前進。兩個女孩，或許也是同一對，配合著擴音器的呼號在跳舞。一組穿著毛衣和皮夾克的年輕人在玩牌；旁觀者在旁傾身看牌。一個手臂上刺青的男孩坐在暖爐旁，專心讀著犯罪小說。他的襯衫敞著衣領，袖子捲到腋下；下身穿著短褲和襪子，彷彿要參加什麼比賽。遠端的壁龕處，一個男人和一個男孩坐在一起。男孩有張孩子氣的圓臉，眼皮好似缺乏睡眠而顯得紅腫。他在跟那位年長、光頭、外表體面的男人講述些什麼，男人有點不情願地邊坐在那兒聽，邊抽著一根短雪茄。男孩抱著極大的耐心，仔細說著他的故事。

為了加強語氣，他不時將手置於年長男人的膝蓋上，並仰望他的臉，精明而專注地看著他臉上的一舉一動，像是一名醫師在面對緊張的病患。

後來，我跟這男孩變得相當熟。他名叫皮普斯，是個了不起的旅行者。他十四歲就逃家，因為在圖林根森林做伐木工的父親經常打他。一開始皮普斯步行前往漢堡。在漢堡他偷渡上一艘開往安特衛普的船，然後從安特衛普步行回德國，再沿著萊茵河走。他還去過奧地利和捷克斯洛伐克。他有滿肚子的歌曲、故事和笑話，本性非常開朗樂天，有什麼都會跟朋友分享，從不擔心下一餐從哪來。他是個聰明的扒手，主要在腓德烈大街的一間遊樂場做案，離繁華的商店街不遠，但現今商店街到處都是警探，變得太危險了。遊樂場裡有拳擊吊球、脫衣舞和腕力機。來自「亞歷山大賭場」的男孩下午多半都會在那裡消磨，在此同時他們的女友則到腓德烈大街和菩提樹下大道搜尋獵物。

皮普斯和兩個分別叫傑哈特與寇特的朋友，同住在運河岸邊一間地下室，鄰近高架鐵路車站。地下室屬於傑哈特的阿姨所有，她是腓德烈大街一名上了年紀的妓女，腿上和臂上刺了各種蛇、鳥和花。傑哈特則是個高大的男孩，笑起來空洞、呆滯、不快樂。他不幹扒手，而是去大百貨公司行竊。他從未被逮過，或許是因為偷竊手法太瘋狂無恥。他會一邊傻笑，一邊就在店員的面前將東西塞進口袋。他將所有偷來的東西都交給了咒罵他懶散，且總是讓他缺錢的阿姨。有一天，我們齊聚時，他從口袋裡掏出一條色彩明亮的女用皮帶：「你瞧，克里斯多福，漂亮吧？」

「你從哪裡弄來的？」

「從藍道爾百貨。」傑哈特告訴我。「咦……你笑什麼？」

「沒什麼，只是藍道爾一家是我的朋友。有點好笑——如此而已。」

當場，傑哈特面露驚慌：「你不會跟他們說吧，克里斯多福？」

「不會的。」我向他保證。

寇特比其他人少到「亞歷山大賭場」來。而比起瞭解皮普斯或傑哈特，我更能瞭解他，因為他是有自覺的不快樂。他的個性中有些魯莽與毀滅性的特質，能夠驀然間對人生的無望爆發熊熊怒火。德國人稱之為「Wut」。他會沉默地坐在角落，猛灌著酒，用拳頭敲打桌面，一臉囂張惱怒。接著突然間，他會一躍而起，高聲說：「哦，真該死！」並大步走出去。處在這種情緒中，他會故意找其他男孩的碴，同時跟他們三或四個人打架，直到全身是血，半昏迷地被轟到大街上。這種時候，就連皮普斯和傑哈特也會對他群起攻之，好像在對抗某種公眾威脅：他們跟其他人一樣使勁揍他，之後一人挾一邊把他拖回家，對他經常賞給他們的黑眼圈毫無怨恨。他的行為似乎一點也不讓他們感到訝異。隔天他們全都又成了好朋友。

我回到住處時，諾瓦克夫婦多半已經入睡兩三個小時了。奧托通常還要更晚回來。然而諾瓦克先生，雖然對他兒子其他的行為很憤怒，卻似乎從不介意起床幫他開門，不管時間有多晚。出於某些奇怪的原因，諾瓦克夫婦無論如何不肯幫奧托或我配把鑰匙。除非門被緊緊閂上再鎖上，否則他們無法安眠。

這種廉價公寓是四家共用一間廁所。我們的廁所在下面一層樓。如果我睡前想要解放，還得在黑暗中穿過客廳到廚房，途中要繞過桌子，避開椅子，避免撞到諾瓦克夫婦的床頭，或動到陸塔和葛蕾特睡的床。不管我多小心移動，諾瓦克太太都會醒來。她似乎能在黑暗中看到我，並禮貌地指引方向，讓我更加不好意思：「不對，克里斯多福先生——抱歉，不是那邊，是左邊的桶子，就在火爐邊。」

躺在床上，一片黝黑中，在這有如飼養場般擠滿了人的龐大聚落，我窩在一角，可以聽見樓下院子傳來的所有聲音，清晰得可怕。院子的形狀肯定是起了類似留聲機喇叭的作用。有人下樓：八成是鄰居慕勒先生：他在鐵路值夜班。我聽著他的腳步聲一階一階逐漸微弱；然後穿過庭院，踩在濕石地上的聲音清楚黏濘。拉長耳朵，我聽見，或以為自己聽見，大門的門鎖中有鑰匙在轉動。一會兒之後，大門隨著低沉的一聲砰關上了。現在，隔壁房傳來諾瓦克太太劇烈的咳嗽聲。緊接著一片寂靜中，陸塔翻身讓床咯吱作響，同時喃喃說著些模糊難辨、貌似凶險的夢話。院子另一頭的某處，一個嬰孩開始哭嚎，一扇窗重重關上，在樓房最幽深隱蔽之處，某個非常沉重的東西悶聲敲打著一面牆。感覺陌生、神秘、詭異，彷彿孤身睡在叢林之中。

星期日在諾瓦克家度過漫長的一天。這種惡劣的天氣下沒什麼地方好去，我們全都待在家裡。葛蕾特和諾瓦克先生試著用陷阱捉麻雀，機關是諾瓦克先生之前就做好的，固定在窗戶上。他們坐在那兒，一連好幾個小時，專注在陷阱上。啟動機關的線在葛蕾特手裡。偶爾，他們對著彼此咯咯笑，並看看我。我坐在桌子的另一側，對著一張紙皺眉，紙上有我寫下的文句：「可是，愛德華，你不明白嗎？」我試著繼續我的小說。故事是關於一個家庭，住在廣大的鄉間別墅，生活仰賴不勞而獲的收入，而且非常不快樂。他們的時間花在互相解釋為何他們沒辦法好好享受生活；而其中某些原因——雖然我是自吹自擂——還真高妙。可惜的是，我發現自己對這不快樂的家庭越來越興趣缺缺：諾瓦克家的氛圍不是很能激發靈感。裡面的房間敞著門，奧托在一台舊留聲機的轉盤上排列著一些小飾品，留聲機現在缺了音箱和拾音臂，奧托只想看看那些飾品多久會被甩飛砸壞，以為自娛。陸塔在替鄰居磨鑰匙和修鎖，他蒼白嚴肅的臉專心一意埋在他的工作中。正在煮飯的諾瓦克太太，開始一番優秀與無用兄弟的說教：「瞧瞧陸塔，他就算失業也不會讓自己沒事做。而你呢，只會砸東西。你根本不是我的兒子。」

奧托懶洋洋地躺在床上冷笑，偶爾吐出一兩個髒字或用嘴唇發出放屁的聲音。他的聲音中有某些語調惹人發狂：讓人想要傷害他——而他自己也知道。諾瓦克太太尖聲的斥責演變為咆哮：「我真想把你趕出去！你替我們做過什麼？每當有工作你就太累沒法做；但半夜跑出去閒逛你又不累了——你這頑劣邪惡的廢物……」

奧托一躍而起，開始在房內跳舞，發出野獸得意的吼叫。諾瓦克太太拾起一塊肥皂朝他扔去。他閃身躲開，肥皂砸破了窗戶。接著諾瓦克太太坐下開始哭。奧托立即飛奔過去，開始用大聲的親吻來哄她。陸塔或諾瓦克先生都沒怎麼注意這場口角。諾瓦克先生甚至還好像有點樂在其中：他偷偷對我眨了眨眼。稍晚，窗上的洞用了一片硬紙板堵住。窗子一直沒修補，讓閣樓眾多的風口又多了一個。

晚飯時，我們全都樂不可支。諾瓦克先生起身模仿猶太教徒和天主教徒不同的祈禱方式。他雙膝下跪，用頭大力朝地面磕了好幾下，嘰哩咕嚕說些沒人懂的話，表示希伯來和拉丁祈禱文：「庫里逢得卡，庫里逢得卡，庫里逢得卡。阿門。」然後他開始說死刑的故事，給又怕又愛聽的葛蕾特和諾瓦克太太聽：「威廉一世——就是老威廉——從不簽署死刑執行令；你們知道為什麼嗎？因為有一次，就在他即位後不久，有一樁知名的凶殺案，審理了很長一段時間，幾位法官都無法判定嫌犯是有罪或無罪，但最後他被判定死刑。他們將他送上斷頭台，劊子手舉起斧頭——預備；然後一揮——就像這樣，喀一聲！人頭落地。（他們當然都是受過訓練的：就算給我們一千馬克，你我也不可能一擊就把人的頭砍下來。）那頭落進籃子裡——撲通一聲！」諾瓦克先生又一次翻起白眼，舌頭掛在嘴角，極其噁心又活靈活現地模仿被斬下的頭：「然後那頭自己開口了，說：『我是無辜的！』（當然，那只是神經作用；但它說起話來，就跟我現在一樣清楚。）『我是無辜的！』它說……幾個月後，另一個男人臨死前坦承他是真正的凶手。所以，自此之後，威廉再也沒簽過死刑執行令！」

水門街數十年如一日。我們漏水滯悶的閣樓充滿菜餚與臭水溝的味道。客廳的暖爐點起時，我們幾乎無法呼吸；不點，我們凍得半死。天氣變得非常寒冷。諾瓦克太太不工作時，就踩著沉重的腳步，從診所走到健康委員會的辦公室，再走回去。辦公室的走廊灌著風，她會坐在長椅上等好幾個小時，或對著複雜的申請表格苦苦思索。醫師們對她的病情無法做出一致的結論。有一位傾向將她立即送往療養院。另一位認為她已病入膏肓，送去也無濟於事——並且對她直言不諱。還有一位跟她保證並無大礙：她只需要去阿爾卑斯山度假兩星期就可不藥而癒。諾瓦克太太懷著無比敬意傾聽三位醫師的意見，再一字不差地向我轉述這些會診情況，要讓我確信他們每一位都是全歐洲最仁慈、最聰明的醫學教授。

她回到家，不斷咳嗽打顫，鞋子濕透，筋疲力盡，情緒近乎歇斯底里。一進屋她就會開始叱責葛蕾特或奧托，完全自動，像是一個上好發條的娃娃自己說起話來：

「你給我聽好——你最後會去吃牢飯！我真該在你十四歲時就把你送去感化院。或許對你會有點好處……回想起來，在我整個家族中，從沒有一個人不是體體面面，值得尊敬的！」

「**你**值得尊敬！」奧托冷笑，「你小時候可是隨便找到一個穿褲子的就跟著跑了。」

「不准你對我說這種話！聽見沒有？不准！噢，真希望我在生你之前就死了，你這惡毒的壞孩子！」

奧托在她身旁跳來跳去，躲避她的追打，對因他而起的紛爭欣喜若狂，興奮地扮出各種恐怖的鬼臉。

「他瘋了！」諾瓦克太太高聲說，「你快瞧瞧，克里斯多福先生。我問你，他是不是個胡言亂語的瘋子？我一定要帶他去醫院檢驗。」

這說法正切合奧托的浪漫想像。經常，當我們倆獨處時，他會眼中含淚跟我說：

「我不會在這裡待多久了，克里斯多福。我的神經正在崩潰。很快他們就會來把我帶走，讓我穿上約束衣，用橡膠管餵食。當你來探望時，我不會認得你是誰。」

諾瓦克太太和奧托不是唯二有「神經」的人。緩慢但毫無疑問地，諾瓦克一家正在瓦解我的抵抗力。每一天，我都發現廚房水槽的氣味更難聞；每一天，奧托吵架的聲音似乎就更刺耳，他母親的則更尖銳。葛蕾特的啼哭讓我坐立難安。每當奧托甩門我就會敏感地瑟縮一下。夜晚沒喝到半醉我無法入睡。而且，我私底下還擔心身上起了些神秘奇怪的疹子：有可能是諾瓦克太太煮的菜所造成，或其他更糟的原因。

我現在夜晚多半留連在「亞歷山大賭場」。我坐在角落暖爐邊的一張桌前寫信，跟皮普斯、傑哈特聊天，或只是看著其他客人以自娛。店裡通常很安靜。我們全都無所事事地坐著或倚靠在吧檯邊，等著某件事情發生。外門一傳來聲音，十幾雙眼睛就會轉往同一方向，看看皮門幔後邊會出現什麼新訪客。一般而言，都只是提著籃子的餅乾小販，或拿著捐獻箱和傳單的救世軍女孩。餅乾小販如果當天生意不錯，或是喝醉了，就會跟我們擲骰子賭幾包餅乾。至於那個救世軍女孩，她喃喃重複著單調的說詞，繞屋內一圈，一無所獲然後離去，不會讓我們感到一絲不舒服。確實，她已經成為夜晚例行公事的一部分，傑哈特和皮普斯甚至在她走後也不會取笑她。然後，一個老人會拖著腳步走進來，跟酒保耳語了幾句，兩人就一起退到吧檯後面的房間裡。他是個古柯鹼上癮的毒蟲。過了一會兒，他再度出現，舉起帽子對我們所有人含糊地致個意，便拖著腳步離去。老人臉部神經會不自主抽搐，並不斷搖著頭，彷彿在對人生說：不、不、不。

有時候會有警察來，尋找通緝犯或逃離感化院的青少年。他們的來訪通常都在預期中，也做好了準備。皮普斯還跟我解釋，要是有什麼萬一，你都可以從廁所的窗戶逃到屋後的庭院中：「但你一定要小心，克理斯多福，」他補充，「好好跳遠一點，不然會跌到輸煤槽，滾進地下室。我就發生過一次。跟在我後面的漢寶華納笑翻了，結果就被條子逮住。」

星期六和星期天的晚上，「亞歷山大賭場」常人滿為患。會有來自西區的觀光客抵達，就像來自另一個國家的使節，其中有許多外國人——大多數是荷蘭人，以及英國人。英國人說話時聲音響亮、高亢、興奮。他們討論共產主義、梵谷及最好的餐廳。其中一些人似乎有點害怕：或許他們預期在這賊窟中會被捅一兩刀。皮普斯和傑哈特跟他們同坐一桌，模仿著他們的口音，討些飲料和香菸。一個戴著角框眼鏡的肥胖男子問道：「你們有去比爾替黑人歌手辦的那個美妙派對嗎？」接著一個戴單片眼鏡的年輕男子低聲說：「這世界所有的詩意都在那張臉上了。」我瞭解他那一刻的感受：我可以同情，甚至忌妒他。但更悲哀的是知道，兩週後，他會對著一批上流社會俱樂部的成員吹噓在這裡的勇敢無畏，博取他們注意——他們個個臉上掛著拘謹的微笑，圍坐在一張擺放著骨董餐具和著名紅酒的桌邊。想到這讓我感覺更老了。

醫師們終於做出決定：諾瓦克太太終究要被送去療養院了：而且很快——就在聖誕節前。她一聽到這消息就跟裁縫訂了套新衣服，有如受邀參加宴會一般歡欣鼓舞：「克里斯多福先生，你知道嗎，護士長向來都非常嚴苛。她們要督促我們保持整齊清潔。我們如果沒做到就要受罰——這也是應該的……我肯定會很享受待在那裡的日子。」諾瓦克太太嘆了口氣，「要是能讓我別再擔心家人就好了。天曉得，我不在的時候他們要怎麼辦？他們就跟羊群一般無助……」晚上她花了好幾個小時縫製溫暖的法蘭絨內衣，自顧自地笑，像是一個期待新生兒的女人。

我要離開的當天下午，奧托非常沮喪。

「現在你要走了，克里斯多福，我不知道自己會怎樣。或許，六個月後，我就不在人世了。」

「我來之前你不也活得好好的嗎？」

「對……但現在媽媽也要走了。爸爸大概不會再給我任何東西吃。」

「胡說八道！」

「帶我走，克里斯多福。讓我做你的僕人，我很有用的。我可以替你洗衣燒飯，替你的學生開門……」奧托很滿意自己扮演的新角色，眼睛亮了起來，「我會穿件白色小夾克——或許藍色會更好一點，搭配銀色鈕扣。」

「我恐怕請不起你。」

「可是，克里斯多福，我當然不會要求任何工資啊。」奧托停頓，感覺這提議有點太過慷慨。「只要，」他謹慎地補充道，「偶爾給個一兩馬克去跳舞就行了。」

「我很抱歉。」

我們的談話因諾瓦克太太返家而中斷。她提早回家幫我煮惜別大餐。她的網袋裡裝滿剛買的東西，光提回家就把她累壞了。她嘆口氣拉上身後的廚房門，馬上開始忙進忙出，神經緊繃，隨時準備開罵。

「哎呀，奧托，你讓爐火熄了！我特別告訴你要看著啊！老天爺，這屋裡就沒有一個能讓我放心交代一件事的人嗎？」

「對不起，媽媽，我忘記了。」奧托說。

「你當然忘了！你記得過任何事嗎？你**忘記**了！」諾瓦克太太對著他咆哮，面孔擠縮成一團尖利傷人的怒火：「我為你做牛做馬做到死，而這就是我得到的感謝。我走了之後，希望你爸把你趕到街上去，看看你覺得怎麼樣！你這好吃懶做的大廢物！給我滾出去，聽見沒？滾出去！」

「好呀。克里斯多福，你聽見她說的話了？」奧托轉向我，臉因憤怒而抽搐；在那一刻，他們倆的相似程度令人吃驚；直像惡鬼上身的一對狂人。「我要讓她後悔一輩子！」

他轉身竄入裡面的房間，將搖搖欲墜的房門在身後甩上。諾瓦克太太也馬上回到爐火邊，開始清煤灰。她全身發抖，劇烈地咳嗽。我過去幫忙，將木柴和煤塊遞給她，她看也不看，一言不發地接過去。一如往常，我感覺自己只是在旁礙事，於是走到客廳，呆呆地站在窗邊，希望自己可以就這樣消失。我受夠了。窗台上擱著一截鉛筆頭。我拾起來在木板上畫了個小圓，心想：我已經留下記號了。然後我想起自己曾做過一模一樣的事，是多年前，要離開北威爾斯一間宿舍的時候。裡面的房間一片沉寂。我決定面對奧托的怒火，畢竟還有行李要打包。

打開門時奧托正坐在他的床上。他出神地望著左手腕上一道傷痕，鮮血從傷口流淌過張開的手掌，再一滴滴濺落地板上。他的右手拇指和食指間夾著安全剃刀片。我從他手中奪下刀片時，他沒有反抗。傷口本身並不要緊；我用他的手帕略做包紮。奧托似乎有段時間力氣全失，攤在我的肩頭上。

「你幹嘛要做這種傻事？」

「我要給她好看。」奧托說。他臉色非常蒼白，顯然讓自己受到嚴重的驚嚇：「你不該阻止我的，克里斯多福。」

「你這白癡，」我生氣地說，因為他也嚇到我了，「總有一天，一不小心，你會真的傷害到自己。」

奧托對我投以悠長、責備的眼神。慢慢他的眼裡盈滿淚水。

「有什麼關係，克里斯多福？我一無是處……你覺得我老了會變成怎樣？」

「你會去工作。」

「工作……」這個念頭讓奧托淚流不止。他邊痛哭，邊用手背抹鼻子。

我從口袋中拿出手帕。「來，拿去。」

「謝謝你，克里斯多福……」他悲傷地擦擦眼睛，擤擤鼻子。然後手帕本身吸引了他的注意。他開始仔細檢視，一開始無精打采，隨後興致高昂。

「咦，克里斯多福，」他憤慨地大聲說，「這是我的手帕耶！」

一天下午，就在聖誕節過後幾天，我再度造訪水門街。路燈已點亮，我穿過拱門，走進幽深、潮濕的街道，四處可見骯髒的雪跡。地下商店透射出微弱的黃色光線。瓦斯燈下有台手推車，一名瘸子在賣蔬菜和水果。一群小伙子有如凶神惡煞，旁觀兩個男孩在一扇門前互毆：其中一個男孩踉蹌倒下時，一名女孩激動地尖叫出聲。越過泥濘的庭院，吸入廉價公寓那潮濕、熟悉的腐敗氣味，我心想：我真的曾住過這裡嗎？隨著我搬到西區舒適的套房，還有愜意的新工作，我已然成了這陋巷的陌生人。

諾瓦克家樓梯間的燈故障：漆黑一片。我沒費什麼勁摸索著上樓，砰砰猛敲他們大門。我盡可能大聲地敲，因為根據裡面傳來的嘶吼、高唱和尖笑來看，有個派對正在進行中。

「是誰？」是諾瓦克先生大聲問道。

「克里斯多福。」

「啊哈！克里斯多福！英國人！英國人！快請進！請進！」

門被一把推開。諾瓦克先生搖搖擺擺地站在門檻上，張著雙臂擁抱我。葛蕾特站在他身後，像個果凍般打顫，喜悅的眼淚從臉頰滑落。沒有看見其他人。

「好個老克里斯多福呀！」諾瓦克先生邊喊，邊大力拍我的背，「我就跟葛蕾特說：他一定會來。克里斯多福不會棄我們不顧！」擺出誇張滑稽的歡迎姿勢後，他猛地將我推進客廳。整個屋內髒亂得可怕。各種衣服在一張床上亂七八糟疊成一堆；另一張床上則散布著杯子、碟子、鞋子、刀子、叉子。餐具櫃上有一個煎鍋，上面沾滿乾掉的油脂。房內的照明是仰賴三根黏在空酒瓶上的蠟燭。

「所有的燈都被切掉了，」諾瓦克先生解釋道，手臂順勢一揮，「帳單沒付……當然，得找時間去付。算了——這樣不是比較好嗎？來吧，葛蕾特，我們來點亮聖誕樹。」

這聖誕樹是我見過最小的一棵，嬌小脆弱到只能在頂端放一根蠟燭。一根細金屬絲線圍繞垂掛在樹上。諾瓦克先生劃了幾根火柴又扔到地上，好不容易才點燃蠟燭。要不是我將那些火柴踏熄，桌布差點就著火了。

「陸塔和奧托人呢？」

「不知道，某個地方……現在他們很少現身——這裡，不適合他們……無所謂，我們自己也過得很快樂，對吧，葛蕾特？」諾瓦克先生跳了幾個笨拙的舞步，開始唱：

「喔，聖誕樹！喔，聖誕樹！……來呀，克里斯多福，大家一起唱！你的葉子如此堅貞啊！」

這一切結束之後，我拿出要送的禮物：諾瓦克先生是雪茄，葛蕾特是巧克力和一隻發條鼠。接著諾瓦克先生從床下掏出一瓶啤酒喝。他遍尋不著眼鏡，找了半天終於發現掛在廚房的水龍頭上。戴起眼鏡，他開始唸諾瓦克太太從療養院寫來的信給我聽。每個句子他都重複三四次，唸到一半就不知唸到哪裡了，於是就咒罵，擤鼻子，掏耳朵。我一個字都聽不懂。然後他和葛蕾特開始玩起發條鼠，讓其在桌上亂跑，每次接近桌邊他們就大吼大叫。玩具鼠非常成功，以至於我要離去時並沒有拖泥帶水、大驚小怪的場面。「再見，克里斯多福，有空常來。」諾瓦克先生說完立刻將頭轉回桌子。當我自行步出閣樓時，他和葛蕾特正有如賭徒般熱切地俯身在桌上。

之後沒過多久，我接到奧托本人的電話。他跑來拜訪我，問我下週日要不要跟他一起去探望諾瓦克太太。療養院每個月有一天會客日：會有專程巴士從哈勒門出發。

「你用不著替我付錢。」奧托神氣地補充道。他顯得耀眼奪目，志得意滿。

「你這身行頭可真帥，奧托……新西裝？」

「你喜歡嗎？」

「一定花了不少錢。」

「兩百五十馬克。」

「我的天啊！你發了嗎？」

奧托笑嘻嘻說：「我現在常跟楚德碰面。她的伯父留了些錢給她。或許春天，我們會結婚。」

「恭喜……我猜你還住在家裡吧？」

「哦，我偶爾會順道回去看看，」奧托拉下嘴角，一副沒精打采的厭惡表情，「但爸爸總是醉醺醺的。」

「噁心死了，對吧？」我模仿他的語氣。我們倆都笑了。

「我的老天，克里斯多福，已經那麼晚了嗎？我得走了……禮拜天見。保重。」

我們約略中午抵達療養院。

顛簸的車道蜿蜒好幾公里，穿過積雪的松林，然後倏地眼前一座類似教堂庭院入口的哥德式磚砌大門，門後聳立著紅色巨型建築。巴士停了下來。奧托和我是最後下車的乘客。我們在地面伸展四肢，對著明亮的雪眨眼：鄉間戶外一切都白得令人目眩。大家全身都非常僵硬，因為巴士只是一台篷車，座位是用貨運箱和學校長椅權充。行程中座椅沒什麼移動，因為我們就跟書架上的書一樣緊緊相貼。

現在病患飛奔出來迎接我們——裹著披巾和毯子，姿態笨拙的人影，在踏雪成冰的小徑上跌跌撞撞，連跑帶滑而來。他們焦急魯莽拚命衝刺，以至於最後都止不住地打滑，整個人直溜進朋友或親人懷裡，強烈的撞擊力道讓接的人也一陣搖晃。一對夫婦於尖笑聲中雙雙滾倒在地。

「奧托！」

「媽媽！」

「你真的來了！打扮得真帥！」

「我們當然來囉，媽媽！不然還會去哪？」諾瓦克太太鬆開奧托，轉身跟我握手。「你好嗎，克里斯多福先生？」

她看起來年輕許多歲。豐滿、圓潤又天真的臉龐生氣勃勃，粗俗的小眼睛帶著一點狡詐，活像一張年輕少女的臉。她的兩頰輕搽了點明亮的顏色，彷彿無法停止似地掛著笑容。

「呵，克里斯多福先生，真高興你來！還帶奧托來探望我真是太好了！」

她輕輕發出短暫、古怪、歇斯底里的笑聲。我們登了幾步台階進入屋內。建築物溫暖、乾淨、無菌的味道傳進我的鼻腔，有如恐懼的氣息。

「他們安排我住進比較小的病房，」諾瓦克太太跟我們說，「房裡只有我們四個人。我們什麼遊戲都玩。」她得意地推開房門，開始介紹：「這位是慕琴——負責管秩序！這位是爾娜。而這位是葉莉卡——我們的寶貝！」

葉莉卡是名瘦弱的十八歲金髮女孩，她咯咯地笑著說：「原來這位就是大名鼎鼎的奧托呀！我們期待見到他好幾個星期了！」

奧托笑得微妙、謹慎，一派輕鬆自在的樣子。他身上全新的褐色西裝庸俗得難以形容；更別提淡紫色的鞋套配上黃色尖頭鞋。他手指上戴了一顆碩大的圖章戒指，嵌著巧克力色的方形寶石。奧托深深意識著戒指的存在，手勢擺放總是故作優雅，不時偷偷低頭覷一眼，欣賞其效果。諾瓦克太太完全不肯放開他，非得一直抱抱他，捏捏他的臉頰不可。

「他是不是很帥啊！」她高聲說，「是不是很英俊瀟灑啊！哇，奧托，你這麼高大強壯，一定可以單手把我抱起來！」

老慕琴感冒了，她們這麼說。她的喉嚨纏著繃帶，緊貼在她老式黑色洋裝的領子下。看上去似乎是個和善的老婦人，但不知為何有點惹人反感，像是條生瘡的老狗。她坐在床沿，一旁桌上陳列著子女及孫子女的照片，有如贏來的獎項。她看來好像暗地裡挺自得，彷彿很高興能病得這麼重。諾瓦克太太告訴我們，慕琴已經進這療養院三次了。每一次都治癒出院，但九個月到一年內就會復發，得再次被送回來。

「德國一些最聰明的教授都來這裡替她做過檢驗，」諾瓦克太太語帶驕傲補充道，「但你總是能騙過他們，對吧，親愛的慕琴？」

老婦人點頭微笑，像是受長輩誇獎的孩子。

「而爾娜是第二次進來，」諾瓦克太太繼續介紹，「醫生說她不會有事；但她吃得不夠，所以現在回到我們身邊了，對吧，爾娜？」

她是個纖瘦、短髮，約略三十五歲的女子，過去肯定曾充滿女人味、風情萬種、潤澤柔軟。但現在的她極其憔悴，似乎被某種絕望的信念所支配，某種輕蔑。她有雙深邃、黝黑、飢渴的眼睛。結婚戒指在她骨瘦如柴的手指上顯得寬鬆。當她說話而且變得激動時，雙手會不知疲倦、漫無目的地飛舞，有如兩隻乾癟的飛蛾。

「我的丈夫打我，然後跑了。他離開那天晚上痛揍了我一頓，留下的傷痕好幾個月後才消。他是個非常高大強壯的男人。差點沒把我打死。」她說的時候平靜而從容，卻帶著一點刻意壓抑的興奮，眼睛一刻也沒從我臉上移開。她飢渴的視線鑽入我的腦中，急切地讀取著我的想法。「我現在還是會夢見他，有的時候。」她補充道，彷彿有點樂在其中。

奧托跟我在桌邊坐下，諾瓦克太太在我們身旁手忙腳亂地上咖啡跟蛋糕，這些都是其中一位護士帶來的。今天發生在我身上的所有事，都奇怪地沒有任何影響力：我的感官被蒙蔽、隔絕，彷彿在一個栩栩如生的夢境中運作。在這寧靜的白色房間，多扇大窗遠眺沉寂積雪的松林——桌上擺著聖誕樹，床頭結著紙綵，牆上釘著相片，盤中堆著心形巧克力餅乾——這四名女子在其中生活移動著。她們這世界的每一個角落我都可以用雙眼一一探索：溫度記錄表、滅火器、門邊的皮革屏風。每一天她們穿上最好的衣服，乾淨的雙手不再因縫紉而受針扎，或因做家事而粗糙；她們躺在露台上，聽著收音機，禁止說話。一起被關在這房內的女人之間，滋生出一種微微使人噁心的氣氛，就像將骯髒的布巾鎖在沒有空氣的櫥櫃中一樣。她們之間彼此嘻鬧，尖聲談笑，有如發育過度的女學生。諾瓦克太太和葉莉卡每每突然暗地裡打鬧起來，並樂此不疲。她們互扯對方的衣服，默默扭打在一起，然後爆出做作的尖銳笑聲。她們是在我們面前炫耀。

「你不知道我們有多期待今天啊，」爾娜跟我說，「可以看見活生生的男人！」

諾瓦克太太在旁咯咯笑。

「葉莉卡來到這裡之前可真是個純潔的女孩……你之前什麼都不懂，對吧，葉莉卡？」

葉莉卡竊笑。

「進來之後我學得夠多了……」

「沒錯，我是一清二楚！你相信嗎，克里斯多福先生——她姑媽聖誕節送了這個小人偶給她，現在她每晚都帶著它睡覺，因為她說她床上一定要有個男人！」

葉莉卡放膽笑著：「聊勝於無嘛，對不對？」

她對奧托眨了眨眼，奧托骨碌碌轉著眼珠，故作驚訝。

午餐之後，諾瓦克太太得小憩一個鐘頭。於是爾娜和葉莉卡得以把我們據為己有，帶著四處走走。

「我們先帶他們去墓地看看。」爾娜說。

墓地埋的其實是療養院職員過世的寵物。大約有十幾個小十字架和墓碑，上面用鉛筆寫了諧仿偉人碑文的詩句。死去的鳥兒、白老鼠和兔子都被埋在那兒，還有一隻暴風雪過後凍死的蝙蝠。

「想到牠們躺在那兒就讓人感覺好悲傷，是吧？」爾娜說。她將其中一座墓上的雪拂去，眼中含著淚。

可是，當我們沿著小徑離開時，她和葉莉卡又都有說有笑。我們笑著互擲雪球。奧托抱起葉莉卡，假裝要將她拋進雪堆裡。再走遠一些，我們經過一座涼亭，就立在離開步道，樹叢間的一座小土丘之上。男一女正從裡面出來。

「那是克連可太太，」爾娜跟我說，「今天她老公來了。想想看，那座舊亭子是整個院區裡兩個人唯一能獨處的地方……」

「在這種天氣裡一定非常冷。」

「那當然！明天她的體溫又會上升，將必須待在床上兩個禮拜……但誰在乎！如果我是她，我自己也會做同樣的事。」爾娜掐了掐我的手臂：「年輕不要留白嘛，對不對？」

「說得一點都沒錯！」

爾娜迅速抬頭望著我的臉；她又大又黑的眼睛像鉤子般緊盯住我的雙眼；彷彿可以感覺到那視線正將我往下拉。

「你知道嗎，克里斯多福，我並不是真的肺病患者……你不會認為我是吧，只因我在這裡？」

「不會，爾娜，我當然不認為。」

「很多在這裡的女孩都不是。她們只是需要一點照料，就像我……醫生說若我好好照顧自己，就可以跟從前一樣強壯……當他們放我出去時，你猜我第一件要做的事是什麼？」

「是什麼？」

「首先我要辦好離婚，然後要去找個老公。」爾娜笑著說，帶著一種苦澀的喜悅。「那要不了多久——我可以跟你保證！」

喝完茶我們在病房中舒服地坐著。諾瓦克太太借了一台留聲機讓我們跳舞。我跟爾娜跳，葉莉卡跟奧托跳。葉莉卡頑皮又笨拙，每次滑跤或踩到奧托的腳趾就放聲大笑。奧托保持著他圓滑的微笑，富有技巧地引領著她後退前進，同時聳起肩膀跳著哈勒門區流行的黑猩猩舞步。老慕琴坐在她的床上看著。當我摟著爾娜時，感覺她全身打顫。現在天色幾乎全暗了，但沒有人建議開燈。

一會兒之後，我們停止跳舞，在床上圍坐一圈。諾瓦克太太開始講述她的童年時光，那時她跟父母住在東普魯士的一座農場裡。「我們有一台自己的鋸木機，」她對我們說，「以及三十匹馬。

我爸的馬是當地最好的；他用牠們贏過獎，贏過好多次，在一個表演中……」病房內現在已相當暗了。窗戶在漆黑中只是一大塊黯淡的長方形。坐在我身旁的爾娜摸索著我的手，緊緊握住；然後她伸手到背後，將我的手臂拉過去摟著她。她正劇烈地發抖。「克里斯多福……」她在我耳邊輕喚。

「……而在夏天，」諾瓦克太太說道，「我們常到河邊的大倉庫跳舞……」

我的嘴壓上爾娜火燙乾燥的唇。我沒有什麼親密接觸的特殊激情：這一切都屬於一個漫長、有點邪惡、帶象徵意味的夢境，而我似乎作了一整天都還沒醒來。「今天晚上，我好快樂……」爾娜低聲說。

「郵政局長的兒子時常會拉小提琴，」諾瓦克太太說，「他拉得真美……讓人想要哭泣……」

從葉莉卡和奧托坐的那張床傳來扭打聲和響亮的竊笑：「奧托，你這壞孩子……真沒料到你是這種人！我要告訴你媽媽！」

五分鐘後，一名護士來通知我們巴士準備出發了。

「我的媽呀，克里斯多福，」在穿大衣時，奧托低聲跟我說，「我想對那個女孩幹什麼都行！我把她渾身都摸遍了……你跟你那個玩得愉快嗎？瘦是瘦了點——但我賭她一定很騷！」

然後我們跟其他乘客一同爬進巴士。病患圍擠在四周道別。個個包覆在毯子下，說他們是一個原始森林部族的成員也不為過。

諾瓦克太太開始哭泣，儘管她努力擺出笑臉。

「跟你爸說我很快就會回去……」

「這是當然囉，媽媽！你很快就會好起來，馬上就會回家。」

「只要再很短的一段時間……」諾瓦克太太啜泣；眼淚流過她像青蛙般的醜陋笑容。突然間，她開始咳嗽——她的身體似乎像個活動娃娃被從中扯開。她雙手緊抱著胸，發出短促尖銳的咳嗽，有如絕望受傷的動物。毯子從她頭上和肩上滑落：一綹頭髮從結裡四散開來，遮住了她的眼睛——她盲目地搖著頭想要避開。兩名護士和緩地想要引領她離開，但她立即開始猛烈掙扎。她不肯跟她們走。

「進去吧，媽媽，」奧托哀求。他自己幾乎也要落淚了。「拜託進去吧！你會得重感冒的！」

「偶爾寫信給我，好嗎，克里斯多福？」爾娜彷彿溺水般緊抓著我的手，仰望著我的雙眼中帶著令人害怕、毫不掩飾的強烈絕望。「就算只是張明信片也沒關係……只要簽上你的名就好。」

「我一定會的……」

他們全都群集在我們周圍好一會兒，在那噴著氣的巴士所製造的一圈小小光暈中，被燈光照亮的臉襯著黑色的松樹幹，有如鬼魂一樣蒼白。這是我夢境的高潮：噩夢即將結束的那一刻。我突然感到一股荒謬的恐懼襲來，怕他們將要攻擊我們——一群飄忽駭人，隱約難辨的形體——在一片死寂中，將我們從座位上抓起，飢渴地拖下車。但那一刻過去了。他們撤退——完全無害，畢竟也只不過是幽魂——回到黑暗中，而我們的巴士，隨著輪胎一陣劇烈晃動，開始向城市行進，踉踉蹌蹌穿越看不見的深雪。

藍道爾

一九三零年十月的一個晚上，大約是選舉過後一個月，在萊比錫街有場暴動。成群納粹暴徒上街對猶太人示威。他們對一些髮色深、鼻子大的行人施暴，並砸破所有猶太店鋪的窗子。事件本身沒有多值得一書；沒有出人命，零星幾聲槍響，被捕的不超過兩打人。我會記得只是因為這是我頭一次見識到柏林的政治活動。

當然，麥爾小姐很高興：「就是應該這樣！」她大聲說，「這城市受夠猶太人了。隨便翻開一塊石頭，就會有幾隻爬出來。他們汙染了我們喝的水！他們在扼殺我們，在劫掠我們，在吸乾我們的血。看看所有大百貨公司：沃特海姆、ＫＤＷ、藍道爾。誰擁有的？都是卑鄙下流的猶太人！」

「藍道爾家是我個人的朋友。」我冷冷地頂嘴，並在麥爾小姐有時間想出適當的回應前離開房內。

嚴格說來這並不是真話。事實上，我這輩子從未見過任何藍道爾家族的成員。但是在離開英國之前，一位跟他們相識的共同朋友給了我一封介紹信。我不相信介紹信，要不是因為麥爾小姐的言論，大概永遠也不會用到這封信。現在，賭著一口氣，我決定即刻寫信給藍道爾夫人。

三天後，我初次見到娜塔莉亞藍道爾，當時她是個十八歲的女學生。有一頭蓬鬆的黑髮；或許太過蓬鬆了──讓她臉上雖然有對閃閃發亮的眼睛，卻顯得太長太窄。她讓我想起幼小的狐狸。握手時她依當今學生的規矩，整條手臂打得直直的。「裡面請。」她的語氣輕快且獨斷。

客廳寬廣，讓人心曠神怡，裝飾有戰前的風格，只是有點過度。娜塔莉亞馬上開始喋喋不休，以滿腔熱情，急切地說著坑坑巴巴的英語，向我介紹唱片、照片跟書。我的視線無法停留在任何東西上一會兒：

「你喜歡莫札特嗎？喜歡？喔，我也是！很喜歡！……這些照片是在太子宮。你還沒見過？找一天我要帶你去，好？……你喜歡海涅的詩嗎？請說真心的。」她從書架抬起頭，微笑，但其中帶著一種女教師的嚴厲：「讀讀。很美，我覺得。」

我在屋裡還待不到十五分鐘，娜塔莉亞已經拿了四本書要讓我帶回去──《托尼奧．克勒格爾》（Tonio Kröger）、雅各布森（Jens Peter Jacobsen）的故事集、一冊格奧爾格（Stefen George）詩選、哥德書信集。「你要告訴我你真心的看法。」她提醒我。

突然間，一名女僕推開房間一端的玻璃滑門，藍道爾夫人就在我們眼前：一位高大、蒼白的女人，左頰有顆痣，頭髮整齊地往後梳並打個結。她平靜地坐在餐桌前，持著俄式茶壺往杯中斟茶。桌上有一盤盤火腿和冷切臘腸，以及一大碗那種用叉子一戳，就會噴得你一身熱湯的油滑細香腸。

另外還有起司、小蘿蔔、黑麵包和瓶裝啤酒。「你喝啤酒。」娜塔莉亞命令道，並將她母親遞來的茶杯放回去。

環顧四周，我注意到照片跟櫥櫃間所剩不多的牆面裝飾著實物大小的古怪畫像，有頭髮飄揚的少女，或斜著眼的羚羊，都是從畫紙上剪下來，再用圖釘釘在牆上。它們有如在對堅固的資產階級紅木家具發出可笑徒勞的抗議。不用說我也知道，這些一定都是娜塔莉亞設計的。沒錯，真是她做的，並為了一個派對貼起來；現在她想取下來，但是她母親不准。她們為此有番小爭執——這些小爭執顯然是家裡每天的例行公事。「哎呀，可是它們很醜，我覺得！」娜塔莉亞用英語大聲說道。「我覺得很漂亮。」藍道爾夫人平靜地用德語回應，眼睛沒有離開過盤子，嘴裡塞滿了黑麵包和小蘿蔔。

我們一吃完晚餐，娜塔莉亞就明白要求我跟藍道爾夫人正式道晚安。然後我們回到客廳，她開始盤問我。我住在哪裡？租金多少？我一回答完，她馬上說我選錯了區域（市中心的威默爾斯多夫區好多了），而且我被騙了。我可以用同樣的價錢，租到同樣條件，而且還附自來水跟中央暖氣的房子。「你應該來問我。」她補充道，顯然忘了我們當天晚上才頭一次見面，「我會親自幫你找房子。」

「你的朋友說你是個作家？」娜塔莉亞忽然質問。

「不算真正的作家。」我聲明。

「但你寫了一本書？對吧？」

對，我是寫過一本書。

娜塔莉亞得意地說：「你寫過一本書還說不是作家。你瘋了，我覺得。」

於是我得跟她說明《一夥同謀》（All the Conspirators）的來龍去脈，書名的由來，故事主題為何，何時出版的，諸如此類。

「請帶一本給我。」

「我手邊沒有，」我告訴她，頗覺稱心，「而且絕版了。」

這暫時讓娜塔莉亞有點沮喪，接著她急切地嗅聞著新獵物的氣味：「而這次你在柏林要寫些什麼？請告訴我。」

為了滿足她，我開始跟她敘述多年前，為劍橋大學的一份雜誌所寫的一個故事。我邊說，邊盡可能即興加以修改潤飾。將這故事再說一遍讓我相當興奮——甚至讓我開始覺得其中有些想法其實還不賴，或許真的能重新改寫。每個句子結束時，娜塔莉亞緊抿雙唇，用力點著頭，一頭秀髮在她臉上起起落落。

「是啊，是啊，」她不斷說，「是啊，是啊。」

過了幾分鐘我才發現，說的話她一句也沒聽進去。她顯然聽不懂我的英語，因為現在我講得快多了，用字也沒有選過。儘管她極其用心地要保持專注，但還是看得出來她在注意我的頭髮如何分邊，領帶結磨損得有多嚴重。她甚至偷偷瞥了一眼我的鞋。不過我假裝沒發現這些。突然停下來會很失禮，而且也將刻薄地破壞娜塔莉亞的樂趣，因為儘管我們實際上才剛相識，我卻正如此親密地對她說著一件真正感興趣的事。

我一說完，她馬上問：「那會寫完——什麼時候？」因為她已經將這個故事占為己有，還包括我其他所有的事。我回說不知道。我很懶。

「你很懶？」娜塔莉亞嘲弄地睜大眼。「哦？那很抱歉，我幫不了你。」

過不久，我說必須走了。她送我到門口：「你會很快把故事帶來給我吧。」她緊咬不放。

「會。」

「多快？」

「下星期。」我心虛地承諾。

再次拜訪藍道爾家已是兩個星期過後。吃完晚餐，藍道爾夫人離開餐廳，娜塔莉亞通知說我們要一起去電影院。「媽媽要請我們。」當我們起身要離開時，她突然從餐櫃中拿了兩顆蘋果和一顆橘子，塞進我的口袋。她顯然決意相信我飽受營養不良之苦。我的反駁軟弱無力。

「你再說一個字，我就生氣囉。」她警告我。

「你帶來了嗎？」我們正要出門時，她問道。

我心知肚明她指的是那個故事，卻以盡可能無辜的聲音說：「帶什麼？」

「你知道的，答應的東西。」

「我不記得有答應過什麼。」

「**不記得？**」娜塔莉亞輕蔑地冷笑。「那很抱歉，我幫不了你。」

不過，待我們抵達電影院時，她已經原諒我了。強檔電影是類似《勞萊與哈台》的搭檔喜劇，娜塔莉亞嚴肅地論斷：「你不喜歡這種電影吧，我想？對你來說不夠聰明？」

我否認只喜歡「聰明」的電影，但她半信半疑：「很好，我們等著瞧。」

從電影開始到結束，她不斷偷窺我，看我有沒有笑。一開始，我誇張地狂笑。然後，開始感到厭倦，我就完全不笑了。娜塔莉亞對我越來越不耐煩。影片快結束前，她甚至開始在該笑的時候用手肘輕推我。沒多久燈亮起來，她發難：

「你看吧？我說得沒錯。你不喜歡，不對？」

「我真的非常喜歡。」

「哦，是啊，我相信！現在說真心話吧。」

「我跟你說了，我喜歡。」

「但你沒有笑。你坐著總是一臉……」娜塔莉亞試著模仿我，「一次也沒笑。」

「我被逗樂的時候從來不笑。」

「哦，是啊，或許吧！那八成是你的英國習俗之一吧，不笑？」

「英國人被逗樂的時候沒有一個會笑。」

「你以為我會相信？那我告訴你：你的英國人都瘋了。」

「這說法不算新鮮。」

「而我的說法一定都要新鮮嗎，這位親愛的先生？」

「當你跟我在一起時，就要。」

「白癡！」

我們在動物園站附近的咖啡店坐了一下，吃冰淇淋。冰淇淋結塊，而且嚐起來有點馬鈴薯的味道。冷不防，娜塔莉亞開始談起她的雙親：

「我不懂現代有些書是什麼意思，他們說：父母親永遠必須和孩子吵架。你知道，要我和父母親吵架是不可能的。」

娜塔莉亞目光如炬地盯著我，看我相不相信。我點頭。

「絕對不可能。」她嚴肅地重複，「因為我知道父母親很愛我。所以他們想的永遠不是自己，而是什麼對我最好。我的母親，你也知道，她不強壯。她有時候會頭痛得很嚴重。於是，當然，我不能放她不管。經常，我想去電影院或劇院或音樂廳，而我媽，她什麼也沒說，但我看著她，知道她不舒服，我就說，不，我改變主意，不去了。但關於她所忍受的痛苦，她從來沒有提過一個字。從來沒有。」

（當我下次拜訪藍道爾家時，花了兩馬克半買玫瑰送給娜塔莉亞的母親。錢花得很值得。藍道爾夫人的頭痛，從沒有在我提議要跟娜塔莉亞出門的夜晚發作。）

「父親總是希望我得到最好的一切，」娜塔莉亞繼續說，「爸爸總希望我說：我的父母親很富有，我不需要擔心錢的事。」娜塔莉亞嘆口氣，「但我不是這樣。我總是有最壞的打算。我知道今日德國的情況，而我爸有可能突然間失去一切。你知道，那已經發生過一次了？戰前，我爸在伯森曾有間大工廠。戰爭一來，爸不得不走。明天，這裡也可能相同。但我爸，他是個男子漢，所以對他來說都一樣。他可以從一芬尼開始，工作工作再工作，直到全部賺回來為止。

「正因為如此，」娜塔莉亞繼續說，「我希望離開學校，開始學點有用的東西，能讓我自己掙麵包吃。我無法知道父母會有錢多久。父親希望我參加入學考並進入大學。但現在我會同他說，問能不能到巴黎學藝術。如果我會畫畫，或許能以此維生；而且我還要學烹飪。你知道我不會做菜嗎，最簡單的都不會？」

「我也不會。」

「對一個男人來說，那沒這麼重要，我覺得。但一個女孩就必須全都準備好。

「如果我要，」娜塔莉亞認真地補充，「我會跟我愛的男人走，我會跟他同居；就算我們無法結婚也無所謂。然後我必須能自己做所有事，你瞭解嗎？不能光說：我進了大學，我有大學學位。他會回說：『拜託喔，我的晚餐在哪？』」

一陣沉默。

「你沒有被我剛剛說的話嚇到？」娜塔莉亞突然問，「說我會沒有結婚就跟一個男人同居？」

「不，當然沒有。」

「請別誤會我。我並不欣賞總是一個男人換過另一個的女人——那實在太……」娜塔莉亞做了個厭惡的手勢，「太墮落了，我覺得。」

「你不認為女人應該被容許改變心意嗎？」

「我不知道。這類問題我不懂……但那確實是墮落。」

我送她回家。娜塔莉亞有個習慣，會領著你走上門階，然後以飛快的速度，握手，閃身進屋，當著你的面甩上門。

「你會打給我？下禮拜？好？」我這一刻還聽得見她的聲音，而下一秒門一甩，她沒等我答覆就走了。

娜塔莉亞避免一切肢體接觸，不管直接或間接的。就像她不願跟我站在自家門階上說話，如果坐下來，我也發現她總希望兩人之間隔著張桌子。她討厭我幫忙穿外套：「我還沒六十歲，親愛的先生！」如果我們起身要離開一間咖啡店或餐廳，她見我的目光移向懸掛外套的衣架，她會立刻撲過去，拿著外套躲到一角，有如一隻野獸在捍衛牠的食物。

有天晚上，我們走進一間咖啡廳，點了兩杯巧克力。巧克力送來時，我們發現侍者忘了娜塔莉亞的湯匙。我已經啜飲自己那杯一小口，啜完又用湯匙攪拌了一下。接著將我的湯匙遞給娜塔莉亞似乎再自然不過，結果卻讓我出乎意料也有點不耐，她帶著些許厭惡的表情拒絕了。她甚至連這種跟我嘴巴的間接接觸都不願意。

娜塔莉亞有莫札特協奏曲音樂會的票。這個夜晚並不怎麼美好。哥林多柱式的音樂廳冷颼颼，我的眼睛也被古典式的電燈照得昏花。光亮的木椅堅硬難坐。聽眾明顯把這音樂會視作一種宗教儀式。他們肅穆、專注的熱誠像頭痛般壓迫著我；我一刻也無法忽視那些閉目、半皺著眉、凝神傾聽的腦袋。儘管是莫札特，我仍忍不住感覺：這樣消磨夜晚也太折騰了吧！

回家的路上，我又累又氣，結果與娜塔莉亞起了點小口角。起頭是她提起希碧伯恩斯坦。我在伯恩斯坦家的工作是娜塔莉亞介紹的：她跟希碧同校。兩天前，我剛幫希碧上了第一堂英語課。

「你還喜歡她嗎？」娜塔莉雅問。

「很喜歡。你不喜歡嗎？」

「我也喜歡……但她有兩個缺點。我想你還沒發現吧？」

看我沒上鉤，她嚴肅地補充：「我希望你會真心地告訴我，我有哪些缺點？」

換作另一種心情，我會覺得這很有趣，甚至有點感人。但當時，我只是想：「她在試探我。」

於是我厲聲說：

「我不知道你說的『缺點』是指什麼。我不會對人妄下斷語。要評語你最好去問你的老師。」

這讓娜塔莉亞暫時閉上了嘴。但沒多久，她又開始了。我讀了她借我的書嗎？

我沒讀，卻說：有，我讀了雅各布森的《瑪莉葛魯伯夫人》（Frau Marie Grubbe）。

而我覺得如何？

「非常好。」我說，因為內疚語帶怒氣。

娜塔莉亞嚴厲地看著我：「我恐怕得說，你很沒誠意。你沒說出真正的想法。」

我突然幼稚地發起脾氣：

「當然沒有。我為什麼要說？爭論讓我厭煩。我不打算說任何你可能會有意見的話。」

「但如果是這樣，」她真的又驚又慌，「那我們根本無法認真地討論任何事。」

「當然沒辦法。」

「那我們是不是乾脆別開口了？」可憐的娜塔莉亞問。

「最好就是，」我說，「我們都發出像農村動物的叫聲。我喜歡聽你的聲音，但一點也不在乎你說什麼。所以如果我們只是叫著『哞——』或『咩——』或『喵——』就更好了。」

娜塔莉亞脹紅了臉，困惑又深感受傷。不久，一陣漫長的沉默後，她開口說：「好的，我明白了。」

快到她家的時候，我嘗試彌補，將整件事變成一段玩笑，但她沒有回應。於是我感到萬分羞愧地回家。

然而，幾天之後，娜塔莉亞自動打電話來，請我去吃午餐。她親自開門——顯然一直等著要這麼做——並大聲叫：「哞——哞！咩！喵！」來迎接我。

有一瞬間，我真以為她瘋了。然後我想起我們的口角。但娜塔莉亞開著玩笑，已經準備重修舊好了。

我們進入客廳，她開始放阿斯匹靈藥片到花盆裡——她說是為了讓花盛開。我問她過去幾天做了些什麼。

「這整個星期，」娜塔莉亞說，「我都沒去學校。我不舒服。三天前，我站在鋼琴邊，忽然就倒下了——就是這樣。你們是怎麼說的——ohmächtig?」

「你的意思是，昏倒了？」

娜塔莉亞忙不迭點頭：「對，沒錯，我昏倒了。」

「這樣的話你應該躺在床上啊。」我突然感覺充滿男子氣概，一心保護弱小：「你現在感覺如何？」

娜塔莉亞開心地笑著，說真的，我沒見過她這麼容光煥發：

「喔，那不重要！」

「我必須告訴你一件事，」她補充，「對你來說應該是個驚喜，我想——今天我父親要回來，還有我堂哥伯恩哈德也會來。」

「真是好消息。」

「是啊！可不是嗎？父親回來總是帶給我們很大的喜悅，他現在經常出差。他在世界各地都有生意，在巴黎、維也納、布拉格。總是搭火車跑來跑去。你應該會喜歡他，我想。」

「我肯定會。」

不出所料，玻璃門推開時，藍道爾先生就在門後等著接待我。身旁站著伯恩哈德藍道爾，娜塔莉亞的堂兄，一個高大蒼白的年輕男子，一身黑西裝，只比我年長幾歲。「非常榮幸認識你。」伯恩哈德邊跟我握手邊說。他的英語毫無一點外國口音。

藍道爾先生是個精力充沛的矮小男子，皮革般的深色肌膚刻著皺紋，像是擦得光亮的舊靴。他的棕色眼睛閃閃發亮有如鞋釦，眉毛則宛如滑稽戲的演員——又濃又黑好似是用焦炭塗上去的。很明顯他熱愛他的家人。他慇勤地替藍道爾夫人開門，彷彿眼前是一位年輕貌美的女孩。他親切愉悅的笑容擁抱著在場所有人——煥發著父親歸來喜悅的娜塔莉亞，臉色微紅的藍道爾夫人，平靜、低調、彬彬有禮卻莫測高深的伯恩哈德，甚至連我都包含在內。確實，藍道爾先生幾乎從頭到尾都對著我說話，並小心避免提及家庭事務，以免讓我想起自己在這張餐桌上是個陌生人。

「三十五年前我在英國待過，」他帶著強烈的口音跟我說，「我為了寫博士論文去了你們的首都，調查猶太勞工在倫敦東區的情況。我看到了許多你們英國官員不希望我看到的事。我那時還是個年輕小伙子：我猜比現在的你還年輕。我跟一些碼頭工人、賣淫女子、和你們稱之為小酒館的老闆做了些極其有趣的訪談。真的非常有趣……」藍道爾先生懷舊地說著：「而我這無足輕重的小論文還引起了不少討論。已經被翻譯成不下於五種語言。」

「五種語言！」娜塔莉亞用德語對著我重複。「你瞧，我父親也是個作家！」

「哎呀，那是三十五年前了！遠在你出生之前呢，我的寶貝。」藍道爾先生不以為然地搖了搖頭，鞋釦般的眼睛閃爍著慈愛的光輝：「我現在沒時間做這種研究了。」他再次轉向我：「我正在讀一本法文寫的書，是關於你們偉大的英語詩人拜倫。一本極其有趣的書。現在我很樂於聽聽看，身為一個作家，你在這至關重要的問題上有何看法——拜倫是否犯了亂倫罪？你覺得呢，伊薛伍德先生？」

我感覺自己開始臉紅。奇怪的是，在此刻主要讓我覺得尷尬的，並非娜塔莉亞在場，而是藍道爾夫人在一旁平靜地享用著午餐。伯恩哈德眼睛盯著盤子，竊笑著。「這個嘛，」我開始說，「有點難說……」

「這是一個很有趣的問題，」藍道爾先生插話，目光親切地環顧我們所有人，志得意滿地咀嚼著，「我們該不該容許有才華的人成為例外，可以做出例外之事？還是我們應該說：不行——你或許可以寫出優美的詩或畫出美麗的畫，但在日常生活中，你的行為必須跟一般人一樣，你也必須遵守我們替一般人所立的法律。我們不容許你**非同凡響**。」藍道爾先生依序凝視我們每一人，得意洋洋，嘴裡塞滿食物。突然他的目光直射向我：「你們的劇作家奧斯卡王爾德……又是另一個例子。我要把這例子交給你了，伊薛伍德先生。我很希望聽聽你的意見。你們英國的法律懲罰奧斯卡王爾德是正當的嗎，還是不正當？請告訴我你的想法？」

藍道爾先生興味盎然地注視著我，叉子上一塊正要送往口中的肉懸在半空。我注意到伯恩哈德在這片背景之中謹慎地微笑。

「這個嘛……」我開口，感覺耳根在燃燒。不過，這一次，藍道爾夫人出乎意料地解救了我，她用德文跟娜塔莉亞說了幾句，內容跟蔬菜有關。她們交換了一點意見，而藍道爾先生在這之間似乎完全忘了他的問題，繼續心滿意足地進餐。但現在娜塔莉亞就是非得插上這麼一句：

「請告訴我父親你那本書的書名。我記不得了，一個很有趣的名字。」

我試著不讓其他人發現，私底下對她不滿地皺了皺眉頭。「《一夥同謀》」我冷冷地說。

「《一夥同謀》……對，就是這名字！」

「哦，伊薛伍德先生，你寫的是犯罪小說？」藍道爾先生面露讚許的笑容。

「這本書恐怕跟犯罪沒什麼關係。」我委婉地說。藍道爾先生看起來困惑且失望：「跟犯罪沒關係？」

「麻煩解釋一下。」娜塔莉亞命令。

我深吸了一口氣：「書名代表某種象徵……是取自莎士比亞的《凱撒大帝》（Julius Caesar）……」

藍道爾先生立刻喜上眉梢：「嘿，莎士比亞啊！好極了！這真是太有趣了……」

「在德國，」我對自己的狡猾微微一笑：我正誘他岔到另一個話題，「我相信你們也有很棒的莎士比亞譯本吧？」

「完全沒錯！這些譯本在我們的語言中也是數一數二的作品。多虧它們，你們的莎士比亞幾乎已成了德國詩人……」

「但你還沒說，」娜塔莉亞窮追猛打，好似真有什麼血海深仇，「你的書是關於什麼？」

我咬緊牙關：「是關於兩名年輕男子。其中一位是藝術家，另一位是醫學系學生。」

「那你的書裡就只有這兩個人嗎？」」娜塔莉亞問。

「當然不是……不過我很訝異你的記性竟然那麼差。不久前我才跟你說過整個故事。」

「白癡！我不是為自己問的。你跟我說的我自然全都記得。但是我父親沒聽過，所以請你繼續說……然後呢？」

「藝術家有個母親和一個姐姐。他們全都非常不快樂。」

「那他們為什麼不快樂？我爸、我媽還有我，我們都很快樂。」

我真希望大地將她吞噬掉：「不是所有人都一樣。」我小心地說，避開藍道爾先生的眼睛。

「好吧，」娜塔莉亞說，「他們不快樂……然後呢？」

「藝術家逃離家庭，他的姐姐嫁給一個非常討厭的年輕人。」

娜塔莉亞顯然看出我的忍耐到了極限。她補上最後一刀：「後來你賣出了多少本？」

「五本。」

「五本！那未免也太少了吧？」

「確實是很少。」

午餐結束，大家似乎都有某種默契，伯恩哈德和他的伯父伯母要共同討論家族事務。娜塔莉亞問我：「你要不要跟我一起去散個步？」

藍道爾先生很鄭重地跟我道別：「伊薛伍德先生，我們家的大門隨時為你敞開。」我們互相深深一鞠躬。「或許，」伯恩哈德邊說，邊將他的名片遞給我，「哪天晚上你可以大駕光臨，令蓬蓽生輝？」我謝過並說樂意之至。

「你覺得我父親怎麼樣？」我們一出屋子，娜塔莉亞就問。

「我覺得他是我所認識最好的父親。」

「你真心覺得？」娜塔莉亞喜不自勝。

「對，真心的。」

「現在坦白跟我說，我父親提到拜倫時嚇到你了——沒有？那時你的臉頰紅得像龍蝦一樣。」

我笑著說：「你父親讓我覺得自己像老古板。他的言詞還真新潮。」

娜塔莉亞得意地笑著：「你看吧，我說得沒錯！你被嚇到了。喔，我太高興了！我跟父親說：有個很聰明的年輕人要來拜訪我們——所以他想表現給你看看，他也可以很新潮，也可以暢談這些議題。你以為我父親會是個愚蠢的老頭吧？請說真心話。」

「沒有，」我反駁，「我從沒這樣想！」

「他可不笨喔……他很聰明。只是沒有那麼多時間閱讀，因為他得一直工作。有時一天得工作十八、十九個小時；很可怕……但他仍是全世界最好的父親！」

「你的堂兄伯恩哈德是你父親的生意夥伴，對吧？」

娜塔莉亞點頭：「是他負責管理柏林這邊的店。他也很聰明。」

「你大概常見到他吧？」

「不常……他不常來我們家……你知道嗎，他是個怪人？我想他非常喜歡自己一個人獨處。聽到他開口邀你去拜訪，我嚇了一跳……你得小心。」

「小心？為什麼我會需要小心？」

「他很愛挖苦人。我想他或許會嘲笑你。」

「那也沒多糟啊，是吧？很多人嘲笑我……你自己有時候也會。」

「我呀！那不一樣。」娜塔莉亞嚴肅地搖著頭：顯然是因為不愉快的經驗有感而發，「我嘲笑是為了好玩，你懂吧？但當伯恩哈德嘲笑你時，可不怎麼好玩……」

伯恩哈德在離蒂爾加滕公園不遠的一條寧靜街道上有層樓。當我按下大門門鈴，一個像地精的角色從小巧的地下室窗戶窺視著我，問我要找誰，在深感懷疑地打量我一會兒之後，終於按下一個按鈕開啟大門。這扇門沉重到我必須用雙手才能推開；在身後關上時低沉地發出砰一聲，就像砲彈發射的聲音。接著是通往庭院的一扇對門，再穿過一扇門進入院中樓房，登上五段階梯，就到了他家門前。總共四扇門保衛著伯恩哈德不受外界侵擾。

今晚他在外衣上罩了一件繡有美麗紋飾的和服。他跟我記憶中初次見面時的印象不太相同：那時看不出他有一點東方情調——大概是和服帶出了這一面。他過度文明、拘謹、細緻、形似鳥嘴的側影，讓他宛如中國刺繡上的一隻鳥。感覺他溫和、消極，卻奇特地具有說服力，就像神龕中的象牙塑像一般有種寧靜的力量。他一口漂亮的英語，以及表達不贊同的手勢再次吸引我的注意。他正跟我介紹一尊來自高棉，十二世紀的砂岩佛陀頭像，就立在他的床尾——「守護著我的睡眠。」低矮的白色書架上則有希臘、暹羅、印度支那的小型雕塑和石雕頭像，多半是伯恩哈德從旅途中帶回來的。在數冊藝術史、照像複製書籍、雕刻或古文物的專著之間，我見到瓦謝爾（Horacl Annexley Vachell）的《山丘》（The Hill）和列寧的《怎麼辦？》（What is to be done?）。這屋子跟在荒郊野外沒什麼分別：你聽不見一點外界的聲響。一名端莊的女管家身著圍裙侍候晚餐。我享用了湯、魚、豬排和開胃菜；伯恩哈德則只喝牛奶，吃了番茄和麵包。

我們聊到倫敦，伯恩哈德從沒去過；也聊到巴黎，他在那兒一位雕塑家的工作室研習過一段時間。年輕時，他曾想過要成為一名雕塑家，「可是，」伯恩哈德嘆口氣，溫柔地微笑著，「上帝別有安排。」

我想跟他聊聊藍道爾的事業，但沒開口——怕太過唐突。不過伯恩哈德卻順口一提：「務必找一天，來我們那兒瞧瞧，你一定會感興趣——我自己是覺得有趣，就當作一種當代經濟的現象來觀察。」他微笑，臉龐蒙上一層精疲力竭的神色，一個念頭閃過我的腦海：或許他身患絕症了。

不過晚餐後，他氣色似乎好了點：開始跟我講述他的旅行。幾年前，他曾經環遊世界——帶著溫和的好奇、適度的嘲諷，伸著他鳥喙般的鼻子四處探索：巴勒斯坦的猶太聚落、黑海邊的猶太屯墾區、印度的革命委員會、墨西哥的反抗軍。他吞吞吐吐，謹慎地選擇字眼，描述著跟一個中國船夫間關於惡鬼的對談；以及一段難以置信、足以見識紐約警察有多野蠻的實例。

一整個夜晚，電話鈴響了四五次；每一次，似乎都是要尋求伯恩哈德的幫助或建言。「明天來見我。」他以疲倦、溫柔的聲音說著。「好……我相信這可以安排……現在，請別再擔心了。上床睡一覺。記得吃兩三片阿斯匹靈……」他露出溫柔、諷刺的微笑。顯然他將要借給每個來電者一點錢。

「希望這麼問不會太唐突，」就在我離開之前，他問道，「請告訴我，是什麼原因讓你來到柏林？」

「來學德語。」我說。聽了娜塔莉亞的警告，我不打算將人生過往都攤在伯恩哈德面前。

「你在這裡快樂嗎？」

「很快樂。」

「那太好了……真是太好了……」伯恩哈德掛著那溫柔、嘲諷的招牌笑容：「一個靈魂能擁有如此的生命力，讓他即使身處柏林這種地方也能感到快樂。務必要教教我你的秘訣。能讓我坐在你的腳邊，學習智慧嗎？」

他的笑容縮攏、消散。再一次，極度倦怠所造成的冷漠無感，有如陰影籠罩他年輕得不可思議的臉。「我希望，」他說，「你沒什麼要事時，隨時來訪別客氣。」

之後沒過多久，我去伯恩哈德工作的地方拜訪他。

藍道爾百貨是棟巨大的鋼筋玻璃建築，離波茨坦廣場不遠。我花了將近十五分鐘才穿過內衣、服裝、電器、運動、餐具等部門，找到幕後那隱密的世界——批發部、觀光客專區和貴賓室，以及伯恩哈德專屬的套房辦公室。一名門房帶我進入一間小小的等待室，牆面鋪著光亮的條紋木板，搭配深藍色地毯，只掛著一張版畫，畫上刻的是一八零三年的柏林。過了一會兒，伯恩哈德本人走了進來。今天早上他看起來更年輕、更瀟灑，身穿淡灰色西裝，打著蝴蝶結。「希望你還認同這個房間。」他說。「我想既然要讓這麼多人在這裡等待，應該或多或少要能感受到一種和諧的氛圍，好平息他們的不耐。」

「很不錯。」我說，並因為感覺有點尷尬，為了找話聊，於是補充道：「這是哪種木材？」

「高加索核桃木。」伯恩哈德以他特有的嚴謹，極精準地發出這個詞的音。他突然咧嘴一笑。

我覺得他的精神似乎好多了：「一起到店裡瞧瞧。」

走到五金部門，一名穿著工作服的女示範員，正在展示一個專利的咖啡過濾器有什麼優點。伯恩哈德停下來問她銷售的情況，她也端了兩杯咖啡給我們。當我啜飲著咖啡，伯恩哈德解釋說我是來自英國的知名咖啡商，因此我的意見很值得參考。女示範員一開始半信不疑，但我們倆都不停地笑，她也變得懷疑起來。然後伯恩哈德失手將咖啡杯摔到地上，打碎了。他相當懊惱，忙不迭地道歉。「沒關係，」示範員安慰他——好像他只是個小員工，會因為笨手笨腳被開除一樣：「我還有兩個杯子。」

稍後我們來到玩具部門。伯恩哈德對我說，他和伯父都不容許玩具士兵或槍枝在藍道爾百貨販售。最近，在董事會議中，針對玩具坦克發生了一場激烈的爭論，最後伯恩哈德成功堅守住立場。「但這真的只是風雨前的寧靜罷了。」他補充，帶著哀傷，拿起一個玩具履帶式拖拉機。

然後他給我看一個房間，小孩子可以在其中玩樂，而他們的母親可以趁這段時間去購物。一名穿著制服的護士正在協助兩個小男孩堆積木城堡。「你仔細觀察，」伯恩哈德說，「這種貼心服務在此其實結合了廣告。房間的對面，我們展示著特別便宜又引人注目的帽子。帶孩子來這裡的母親們立刻跌入誘惑的陷阱……你恐怕會覺得我們功利得可悲……」

我問為何沒有圖書部門。

「因為我們不敢設。伯父知道我會整天待在那裡。」

店內各處都有托架固定的彩燈，有紅色、綠色、藍色、黃色。我問這些燈是做何用，伯恩哈德解釋說每一盞都是專屬公司其中一位主管的信號燈：「我是藍燈。那或許，某種程度上，是一種象徵。」我還沒來得及問他是什麼意思，我們正望著的藍燈開始閃爍。伯恩哈德走向最近的電話，得知有人在辦公室等著跟他會面。於是我們就此道別。出去的路上，我買了一雙襪子。

初冬期間，我跟伯恩哈德常常碰面。我無法說經過這些夜晚的相處，自己有更加瞭解他。他仍奇怪地跟我維持著遙遠的距離──他的臉龐在幽暗的燈光下疲累得面無表情，溫柔的聲音持續訴說著連串尚稱詼諧的趣聞。比如，他會描述跟一些非常嚴格的猶太教徒朋友共進午餐。伯恩哈德當時客套地說：「喲，我們今天要在戶外吃午飯嗎？真是太棒了！難得這季節天氣還這麼暖和，是吧？而且你們的花園看起來真漂亮。」接著突然發現主人正不是滋味地盯著他，於是他才驚恐地想起，今天是住棚節*。

* 猶太教節日，猶太曆七月，約略在十月。由來是要記念以色列人出埃及時，在曠野漂流四十年住帳棚的日子。在這節期，以色列人要在屋外搭棚，住在棚內七天。

我開懷笑了，被逗得很樂。伯恩哈德很會說故事。但是時時刻刻，我都有意識地感覺到一種不耐。為什麼他好像把我當成小孩子般對待？我暗忖。他把我們所有人都當小孩子對待——包括他的伯父伯母、娜塔莉亞和我自己。他跟我們說故事。他有同情心、有魅力。但他的姿態，不管是遞給我一杯紅酒或一根香菸，都披著一層傲慢，一種東區人自大的謙虛。他不會跟我說他真正的想法或感覺，同時因為我不知道而鄙視我。他永遠不會告訴我關於他自身的事，或對他而言最重要的那些事物。因為我不像他，因為我正好相反，只要人們願意讀，我很樂意跟四千萬人分享我的想法與感覺，所以我一半欽佩伯恩哈德，但也有一半厭惡他。

我們很少談論德國的政治情勢，但有一天晚上，伯恩哈德跟我說了一個內戰時的故事。有一位參與戰鬥的學生朋友來拜訪他。學生非常緊張且拒絕坐下。不久他向伯恩哈德坦承，他被命令傳送信息到一棟正被警察團團包圍的報社辦公大樓中；要抵達這棟大樓，就必須又攀又爬地穿越許多曝露在機槍火線下的屋頂。自然，他並不急於動身。這位學生身上穿了一件厚得引人側目的大衣，伯恩哈德強迫他脫下，因為屋內暖氣充足，而且他臉上真的汗如雨下。最後經過一番掙扎，學生終於照辦，但一露出大衣內襯就讓伯恩哈德大吃一驚，裡面處處暗袋且都塞滿了手榴彈。「而且最糟糕的是，」伯恩哈德說，「他下定決心不再冒險，並將大衣交給我。他想將大衣放到浴缸中，放滿冷水。最後我說服他天黑後拿出去丟到運河中會比較好——而他最終也成功辦到了……他現在是某個地區大學最著名的教授之一。我相信他老早就忘了這件有點難堪的叛逆行動了……」

「你曾做過共產主義者嗎，伯恩哈德？」我問。

立刻——我從他臉上看見——他提高了戒心。過了一會兒，他慢慢說：

「沒有，克里斯多福。恐怕我天性上向來無法激發自己達到那種必須程度的熱誠。」

我突然覺得對他充滿不耐；甚至憤怒：「——可曾相信過什麼嗎？」

伯恩哈德對我的尖銳微微一笑。這樣激怒我或許能讓他得到某種樂趣。

「或許吧……」然後他又加了一句，彷彿是對自己說：「不……這樣說不太對……」

「那你現在相信什麼？」我質問。

伯恩哈德沉默了一陣子，思考著——形似鳥嘴的精緻側影沒什麼表情，半閉著雙眼。最後他開口說：「我相信的可能是紀律。」

「紀律？」

「你不能理解，克里斯多福？讓我來解釋……我相信對我自己的紀律，而對其他人則不必然。其他人我無法評斷。我只知道自己必須擁有某些能夠遵循的規範，沒有的話我會很茫然……聽起來會很可怕嗎？」

「不會。」我說——心想：他就像娜塔莉亞。

「千萬別太嚴厲譴責我，克里斯多福。」嘲弄的笑容在伯恩哈德臉上暈開，「記住，我是個混血兒。或許，我受汙染的血管裡終究有一滴純種普魯士人的鮮血。說不定這隻小指，」他將指頭舉到燈光下，「是一個普魯士訓練士官的指頭……而你，克里斯多福，背後有著盎格魯撒克遜人好幾世紀的自由，心上銘刻著英國大憲章，你不會瞭解我們這些可憐的野蠻人需要僵挺的制服才能站得直。」

「你為何老是取笑我，伯恩哈德？」

「取笑你！親愛的克里斯多福，我怎麼敢！」

然而，或許在這一次，他不經意地對我多透露了一些。

我一直打算做個實驗，介紹娜塔莉亞跟莎莉鮑爾斯認識。我大概事前就知道她們的相遇會有什麼結果。至少，我還沒有笨到去邀請弗里茨溫德。

我們約在選帝侯大街一間時髦的咖啡館碰面。娜塔莉亞頭一個抵達。她遲到了十五分鐘——大概是因為她想要保有最後一個到的優勢。但她沒有把莎莉計算進去：她可沒有莎莉那種不知時間為何物的臉皮。可憐的娜塔莉亞！她努力想讓自己看起來成熟一點——結果卻只是顯得有點邋遢。身上穿的城市風連身長裙完全不適合她。頭的一側戴了頂小帽——無意間諧仿了莎莉的侍應生帽。但娜塔莉亞的頭髮太過蓬鬆：小帽簡直就像在波濤洶湧的海面上載浮載沉的小船。

「我看起來怎麼樣？」她立即問，邊在我對面坐下，感覺有點慌張。

「你看起來很不錯。」

「請跟我說真心話，她對我會有什麼想法？」

「她會很喜歡你。」

「你怎麼能這麼說？」娜塔莉亞很憤慨，「你又不知道！」

「你先問我的意見，然後又說我不知道！」

「白癡！我不是要人恭維！」

「我恐怕不懂你要的是什麼。」

「哦，不懂？」娜塔莉亞高聲輕蔑地說，「你不懂？那很抱歉，我幫不了你！」

此時，莎莉抵達。

「哈囉，親愛的，」她以最柔情的腔調呼喊，「真是**非常**抱歉，我遲到了——能原諒我嗎？」並優雅地坐下，一陣香水味隨即籠罩我們。她開始用酸軟無力的小動作慢慢脫著手套：「我最近在跟一個下流的猶太老製片人做愛。希望他會給我一份合約——但目前，還沒成……」

我急忙在桌下踢了莎莉一腳，她話說到一半住口，一臉莫名其妙的驚愕表情——但是當然，現在已經太遲了。娜塔莉亞在我們的眼前凝固。我在先前的百般暗示，為莎莉的言行假設性的辯解開脫，在一瞬間全都化於無形。經過一段冰冷的沉寂，娜塔莉亞問我有沒有看過《巴黎屋簷下》（Sous les Toits de Paris）。她說的是德語。她不打算給莎莉任何機會嘲笑她的英語。

然而，莎莉立即插話進來，一派滿不在乎。她看過那部電影，覺得棒極了，普雷讓（Albert Préjean）真迷人是不是，我們記不記得有一幕，背景是火車經過，而他們正要開打？莎莉的德語遠比平常更加糟糕，讓我懷疑她是否刻意誇張，不知為何，好藉此取笑娜塔莉亞。

聚會剩下的時間裡，我在精神上如坐針氈。娜塔莉亞幾乎完全不說話。莎莉則繼續用那慘不忍聽的德語東拉西扯，聊著她想像中輕鬆普遍的話題，主要都是關於英國電影工業。但因為每則軼事趣聞幾乎都需要解釋某人是另一人的情婦，這人酗酒，那人又嗑藥，因此並沒有讓氣氛更宜人。我發現自己對她們兩個都越來越惱怒——氣莎莉她那無止盡的愚蠢情色話題；氣娜塔莉亞如此食古不化。終於，在感覺彷彿永恆，實際上卻僅僅不過二十分鐘之後，娜塔莉亞說她必須走了。

「老天爺，我也得走了！」莎莉以英語大喊。「克里斯寶貝，你送我到伊甸酒店，好不好？」

我怯懦地瞥了娜塔莉亞一眼，試著傳達我的無可奈何。我再清楚不過，這將被視為對我忠誠度的考驗——而我已經失敗了。娜塔莉亞的表情毫無一絲憐憫，臉色僵固，確實氣憤非常。

「我們何時再碰面？」我大膽一問。

「不知道。」娜塔莉亞說——然後沿選帝侯街大步而去，彷彿再也不希望見到我們兩個。

雖然只有幾百碼的距離，莎莉仍堅持非搭計程車不可。她解釋，徒步抵達伊甸酒店是絕對不行的。

「那個女孩不太喜歡我，對吧？」我們搭上車後她說。

「對，莎莉，不太喜歡。」

「那我真不知道為什麼……我使盡渾身解數對她好了。」

「那就是你所謂的對她好啊……！」儘管氣惱，我還是笑了。

「不然我還該怎麼樣？」

「應該是說你不該怎麼樣……除了通姦之外你就沒有其他話題可以聊嗎？」

「人們得接受最真實的我。」莎莉理直氣壯地反駁。

「那些指甲也是？」我注意到之前娜塔莉亞的目光一次又一次落在那些指甲上，驚愕不已。

莎莉笑著說：「今天，我特地沒塗腳趾甲耶。」

「哎，少來了，莎莉！你真的會塗？」

「真的，我當然會塗。」

「但究竟有什麼意義啊？我是說，沒人——」我更正，「很少人能看見……」

莎莉給了我一個最傻的笑容：「我知道，親愛的……但那讓我感覺不可思議的性感……」

可以說從這次會面開始，我跟娜塔莉亞的關係就開始走下坡。我們之間並不曾有任何公開的爭吵，或明確的決裂。甚至，僅僅幾天後我們又再次碰面；但我立刻就發現我們之間友情的溫度有所改變。我們一如往常談論藝術、音樂、書籍——卻小心地避開個人觀感。我們在蒂爾加滕公園逛了近一小時，娜塔莉亞突然問：

「你很喜歡鮑爾斯小姐？」她的眼睛直盯住鋪滿落葉的步道，惡毒地笑著。

「當然囉……我們很快就要結婚了。」

「白癡！」

我們一言不發，繼續前行了幾分鐘。

「你知道嗎，」娜塔莉亞突然開口，感覺像是一個人有了什麼驚人發現，「我不喜歡你的鮑爾斯小姐？」

「我知道你不喜歡。」

正如預期，我的語氣惹惱了她：「我怎麼想，那一點也不重要？」

「完全不重要。」我揶揄地微笑。

「只有你的鮑爾斯小姐，她才重要？」

「她非常的重要。」

娜塔莉亞紅了臉，咬著嘴唇。她怒火中燒：「總有一天，你會明白我才是對的。」

「這我毫不懷疑。」

我們一路走回娜塔莉亞家，沿途一言不發。不過在門階上，她照例問道：「也許你哪天會撥個電話給我……」稍作暫停，然後送出分手前最後一擊：「如果你的鮑爾斯小姐允許的話？」

我笑著說：「不管她允不允許，我很快就會打電話給你。」就在我幾乎說完之前，娜塔莉亞當著我的面甩上門。

然而，我沒遵守諾言。過了一個月，我才終於撥電話給娜塔莉亞。好幾次，我電話都拿起了一半，但我的意興闌珊總是強過想再見到她的慾望。而到最後，當我們終於碰面時，那溫度又下降了好幾度；我們似乎單單只是相識的人。我猜娜塔莉亞深信莎莉已成了我的情人，而我看不出有何必要糾正她的錯誤——要這麼做就意味著必須來段掏心挖肺的長談，而我現在完全沒有這種心情。況且，在解釋完一切之後，娜塔莉亞八成會發現自己跟現在一樣震驚，而且還更為忌妒。我沒有自作多情地認為娜塔莉亞曾希望跟我做情人，但她的確開始對我表現得像是一個愛發號施令的大姐，也正是這個角色——說來可笑——被莎莉從她那兒偷走了。沒錯，是有點遺憾，但整體而言，我決定還是維持現狀比較好。所以我也配合演出地應對娜塔莉亞的各種間接問題跟影射，甚至不時拋出一點琴瑟和鳴的暗示：「今天早上，我跟莎莉一起吃早餐的時候……」或「你覺得這領帶怎麼樣？莎莉挑的……」可憐的娜塔莉亞悶悶不樂地沉默以對；而我一如往昔，感覺刻薄又內疚。然後，接近二月底時，我撥電話到她家，卻被告知她已經出國。

伯恩哈德，我也有一段時間沒見到了。有天早上，在電話中聽見他的聲音確實讓我相當驚訝。

他想問我當天晚上願不願意跟他到「鄉下」走走，過一夜。聽起來非常神秘，當我試著打探要去哪裡及去做什麼時，伯恩哈德只是笑。

他八點左右來接我，坐著一輛由司機駕駛的密閉大車。伯恩哈德解釋這車是公司所有，他和伯父都會使用。我心想，依藍道爾家那種家父長制的簡單生活形態，娜塔莉亞的雙親沒有私家車也理所當然，伯恩哈德似乎還有意為這輛車的存在跟我道歉。那是一種複雜的簡單，一種否定的否定，其根源深深糾纏著對擁有的強烈罪惡感。老天，我對自己嘆口氣，我真能搞得懂這些人嗎？真有可能瞭解他們嗎？僅僅是思考著藍道爾一家人的精神結構，就每每讓我被一種不容置疑、挫敗心灰的力竭感所淹沒。

「你累了？」伯恩哈德在我肘邊慇勤地問。

「喔，沒有……」我提起精神，「一點都沒有。」

「你不介意先到我的一個朋友家停一下吧？還有一個人要跟我們同去……希望你不會反對。」

「當然不會。」我禮貌地說。

「他很安靜，是我們家的一個老朋友。」伯恩哈德出於某種原因，似乎樂不可支。他自顧自地輕聲竊笑著。

車停在法薩嫩街的一間別墅外。伯恩哈德按門鈴，有人開門讓他進屋。一會兒之後，他重新出現，懷中抱著一隻斯開島梗犬。我笑了出來。

「你非常客氣，」伯恩哈德笑著說，「即便如此，我想我還是察覺到你身上有點侷促不安……我沒說錯吧？」

「或許吧……」

「不知道你原本以為會是誰？某個無聊得要命的老紳士？」伯恩哈德輕拍著梗犬，「但克里斯多福啊，你的教養恐怕太好，現在是絕不會跟我承認的。」

車子減速，並在阿沃斯快速道路的收費閘門前停下。

「我們要去哪裡？」我問，「希望你老實跟我說！」

伯恩哈德掛著他溫柔坦率東方情調的笑容：「我很神秘，是吧？」

「非常。」

「能在夜色中乘車疾馳，不知去向，這肯定是很美妙的經驗吧？如果告訴你我們正要去巴黎，或去馬德里，或去莫斯科，那就不會有任何神秘之處，而你也會失去一大半的樂趣……你知道嗎，克里斯多福，我挺忌妒你的，因為你不知道我們要去哪裡。」

「當然，那是一種角度……但至少，我已經知道我們不是去莫斯科。我們正朝相反方向開。」

伯恩哈德笑著說：「你有時真的非常英國，克里斯多福。我很好奇，你自己有發現嗎？」

「我想是你引出了我英國的那一面。」我回答完立刻感到些許不安，彷彿這說法有點侮辱人。

伯恩哈德似乎看穿了我的想法。

「我應該把這當作恭維，還是責備？」

「當然是恭維。」

車子在漆黑的阿沃斯路上飛奔，進入冬夜鄉間無垠的黝暗。巨型反射鏡因為車頭燈一下子迸現光亮，轉眼又像燃燒殆盡的火柴般熄滅。柏林已在我們身後化作天空中一個紅色的光點，被逐漸聚合的松樹林一點點快速吞沒。柏林電視塔的探照燈在夜色中揮舞著那一小束光線。筆直的黑色道路朝我們呼嘯狂奔而來，彷彿迎向毀滅。舒適黯淡的車內，伯恩哈德正輕拍著膝上焦躁不安的小狗。

「好吧，我告訴你……我們正要去萬湖岸邊的一幢房子，之前屬於我父親，你們在英國稱之為鄉間小屋。」

「小屋？非常好……」

我的語氣逗得伯恩哈德很樂，從聲音可以聽出來他在笑：

「希望你不會嫌棄吧？」

「我一定會很喜歡。」

「乍看之下可能有點簡陋……」伯恩哈德靜靜對自己笑著：「不過，還是很有趣……」

「肯定是……」

我本來大概隱約期待著一間旅館，有燈光、音樂、非常好的食物。我尖酸地想，只有富裕、頹廢、教養過度的城市佬，才會把深冬到荒郊野外一間狹小潮濕的小屋過夜形容為「有趣」。而且還很典型地用豪華轎車載我去！司機要睡哪裡？八成是波茨坦最好的旅館……穿過阿沃斯快速道路尾端的收費亭時，在燈火映照下，我看見伯恩哈德仍自顧自地笑著。

車子向右轉，下坡，沿著一條樹影幢幢的路開。可以感覺到大湖極其接近，就在我們左手邊的林地之後，看不見的地方。一個沒注意，道路已轉變成閘門和私家車道：我們在一座大型別墅的門前停車。

「這是哪裡？」我問伯恩哈德，疑惑地猜他一定又是要接什麼東西——或許是另一隻小狗。伯恩哈德興高采烈地笑說：

「我們抵達目的地了，親愛的克里斯多福！下車吧！」

一名穿著條紋外套的男僕打開車門。小狗一躍而出，我與伯恩哈德跟在後面。他將手搭在我肩膀上，領著我穿越大廳上樓。我注意到富麗堂皇的地毯和裱框版畫。他打開一間粉白相間的豪華臥室，床上鋪著誘人的絲質羽絨被。另一頭有間浴室，閃耀著無暇的銀色金屬光芒，牆上掛有潔白的羊毛浴巾。

伯恩哈德微笑：

「可憐的克里斯多福！恐怕你會對我們的小屋感到失望吧？對你來說太大、太豪華？你原本是不是期待可以享受睡地板，跟蟑螂為伍的樂趣？」

這個笑話的氛圍整頓晚餐都圍繞著我們。每當男僕用銀盤端上一道新菜，伯恩哈德就會跟我四目相接，表示歉意地一笑。餐廳是安全的巴洛克風格，雅緻卻有點平淡。我問他別墅是何時建成。

「我父親在一九零四年建了這棟屋子。他想儘量接近英國風格——為了我母親的緣故……」

晚飯後，我們走過刮風的花園，四周一片黑。陣陣強風從湖水那頭，穿林打葉而來。我跟著伯恩哈德，梗犬不停在我腿間穿梭，害得我跌跌撞撞。我們走下幾段石階，來到一個碼頭。漆黑的湖面滿布波浪，另一頭，波茨坦的方向，點點跳動不定的燈光在黑色水面畫出彗星尾巴。矮牆之上，一段廢置的煤氣管在風中咯咯作響，而我們的腳下，波濤輕柔、潮濕，神秘地潑打在看不見的岩石上。

「我小時候，常在冬天夜晚走下這些階梯，在這兒站上好幾個小時……」伯恩哈德開始說話。他的聲音壓得很低，我幾乎聽不見；他的臉轉向一邊，在黑暗中，遙望著湖水。每當一股較強勁的風吹來，他的言詞就變得清楚一些——彷彿是風自己在說話：「那是在戰時。我的兄長在戰爭剛開打的時候就戰死了……之後，我父親某些生意上的對手開始抹黑他，因為他的妻子是個英國人，於是再也沒人跟我們來往，謠傳說我們是間諜。最後，就連本地的商家都不願接近我們家……一切都有點荒謬，同時也有點恐怖，人竟然可以抱持著如此敵意……」

我微微發抖，凝視著水面。天氣很冷。伯恩哈德輕柔審慎的聲音在我耳邊持續：

「過去的冬日夜晚，我經常站在這裡，假裝自己是這世界上最後一個倖存的人類……我想我是一個比較古怪的男孩吧……跟其他男孩從來處不好，雖然我非常希望能受歡迎，能有很多朋友。或許是我的錯——我太急於表示友好了。其他的男孩看出這點，這讓他們得以殘忍地對待我。客觀來說，我可以理解……要是情況反過來，我自己或許也會這麼殘忍，很難說……但對當時的我而言，上學就像一場中國酷刑……所以你可以瞭解為何我喜歡晚上來到這湖邊，一個人獨處。然後戰爭爆發……那時候，我相信戰爭會持續十或十五年，甚至二十年。我知道自己很快就會被徵召。奇怪的是，我不記得有感到一絲害怕。我只是接受。似乎理所當然，我們全都得死。我猜這是戰時普遍的心理狀態。但在我身上，我認為還是包含了一些猶太人特有的態度……要公正不阿地說這些事很困難。有時候人不太願意對自己承認某些事，因為自尊難以接受……」

我們慢慢轉身，開始從湖邊沿坡走回花園。我不時聽見梗犬發出喘息，在黑暗中四處探索。伯恩哈德的聲音持續傳來，吞吞吐吐，挑揀著字眼：

「我兄長戰死之後，母親幾乎不曾離開這棟屋子和其領地。我想她是試著要忘記有德國這塊土地存在。她開始學習希伯來文，全心全意專注在古猶太歷史和文學。我覺得這真是當代猶太人發展的一種症狀——如此棄絕歐洲文化和歐洲傳統。有時候，我在自己身上也會發現這點……我記得母親在屋裡四處徘徊，就像一個人在夢遊。她沒有在研讀時，每一刻都心懷怨氣，而這百害無利，因為當時她正癌症纏身……她一得知自己有什麼毛病，就拒絕去看醫生。她害怕動手術……最後，當疼痛變得難以忍受，她自殺了……」

我們回到屋子，伯恩哈德推開一扇玻璃門，我們穿過一間小溫室，進入一間大會客廳，開放的英式壁爐中火光灼灼，映得廳內滿是跳動的影子。伯恩哈德扭開幾盞燈，讓房內亮得耀眼。

「我們需要這麼多照明嗎？」我問，「我覺得爐火好多了。」

「是嗎？」伯恩哈德微妙地一笑，「我也是……但不知為何，我以為你會比較喜歡燈光。」

「這又是為什麼？」我馬上對他的語氣產生懷疑。

「我不知道。這只是我對你性格的一點想像。真是太蠢了！」

伯恩哈德的聲音中帶著嘲弄。我沒回應。他起身關掉所有燈，只留下我身旁桌上的一盞小燈。長時間一陣沉默。

「你想聽收音機嗎？」

這一次他的語氣讓我笑了：「你用不著娛樂我呀！我這樣坐在爐火邊就心滿意足了。」

「你滿足，那我就高興了……我真蠢——對你的印象完全相反。」

「什麼意思？」

「我還怕或許你會覺得無聊。」

「當然不會！別鬧了！」

「你很客氣，克里斯多福。你總是非常客氣。但我能相當清楚地解讀出你在想什麼……」我之前從沒聽過伯恩哈德的聲音聽起來像這樣子；滿懷敵意：「你在懷疑我為何要帶你來這棟屋子。最重要的是，你在懷疑我為何要對你說剛剛講的那些事。」

「我很高興你願意對我說……」

「不，克里斯多福，這不是真話。你其實有一點吃驚。你認為一個人不該隨便說這種事。英國公立學校的教育讓你覺得這有點噁心——這種猶太人的多愁善感。你喜歡自認為是見過大風大浪的人，沒有任何形式的脆弱會令你反感，但你受的教育太強而有力了。你覺得，人不該對彼此這樣說話。這樣不禮貌。」

「伯恩哈德，你根本是在胡思亂想！」

「是嗎？也許吧……但我不這麼認為。算了……既然你想知道，我就試著解釋為何帶你來這裡……我想做個實驗。」

「實驗？你是指，在我身上？」

「不，是對我自己的一個實驗。也就是說……過去十年，我從來沒有像今晚跟你說話這般，如此親密地跟其他任何人交談……不知道你能不能把自己放在我的位置，設身處地想想看？而今天晚上……或許，終究還是無法解釋……讓我換個方式說吧。我帶你來到這兒，到這間跟你沒有任何瓜葛的屋子裡。你沒有理由感受到任何過去的壓迫。然後我告訴你我的故事……有可能，這樣一來，一個人可以驅散幽魂……我表達得很糟糕。聽起來會很荒謬嗎？」

「不，一點也不會……但為什麼選我參與你的實驗？」

「你說這話的時候口氣很嚴厲，克里斯多福。你內心正瞧不起我。」

「不，伯恩哈德，我內心覺得你一定瞧不起我……我常納悶你究竟為何要跟我來往。我有時感覺你其實不喜歡我，你會說些話或做些事來展現——然而，某種程度上，我又覺得並非如此，不然你不會一直要求我來找你……無論如何，我對你這些所謂的實驗已經有點厭煩了。今晚怎麼說都不是第一次了。實驗失敗，於是你對我生氣。我得說，我覺得這非常不公平……但我不能忍受的是，你用一種假意謙卑的態度來表現你的憤怒……而實際上，你是我見過最不謙卑的人。」

伯恩哈德沉默不語。他點了一根菸，現在從鼻孔中緩緩吐出煙霧。最後他開口：

「我不知道你說得對不對……我想不完全對，但有部分……對，你身上有些特質吸引我，讓我羨慕，然而也正是這種特質激起了我的敵意……或許那只是因為我也有部分英國血統，而你呈現了我自身性格的某一個面向……不，這樣說也不對……並不是我希望的那麼簡單……恐怕，」伯恩哈德以一種慵懶滑稽的姿勢，將手抹過額頭跟雙眼，「我是一個無謂複雜的機械裝置。」

一段沉寂。然後他補充道：

「但這全是些自我中心的蠢話。請務必原諒。我沒權力這樣對你說話。」

他站起來，輕輕穿過房間，扭開收音機。起身的時候，有一瞬間他將手擱在我肩膀上。伴著第一聲音樂響起，他走回爐火前的椅子，面帶笑容。他的笑容和藹，卻奇特地帶有敵意。那彷彿是某種遠古流傳下來的宿怨，讓我想起他家裡其中一尊東方塑像。

「今晚，」他輕聲笑著說，「轉播的是《紐倫堡名歌手》（Die Meistersinger Von Numberg）的最後一幕。」

「真有趣。」我說。

半小時後，伯恩哈德帶我上樓到我的臥室，他手搭在我的肩上，仍然掛著笑容。隔天早晨，吃早餐時，他看起來疲倦，但愉快而風趣。完全沒有以任何方式提及我們前一晚的談話。

我們開車回柏林，他在諾倫多夫廣場一角放下我。

「早日打電話給我。」我說。

「當然，下週就打。」

「多謝你的招待。」

「多謝你來，親愛的克里斯多福。」

我將近六個月沒再見到他。

八月初，一個星期日，舉行了一場公民投票決定布呂寧（Heinrich Brüning）政府的命運。我回到施洛德女士的公寓，躺在床上度過美麗的炎夏，咒罵著我的腳趾：上次在呂根島游泳的時候，腳趾被一片鐵皮劃傷，現在突然潰爛化膿了。當伯恩哈德出其不意打電話來時，我相當高興。

「你還記得萬湖邊那個鄉間小屋嗎？記得？我在想不知道你願不願意到那邊待幾個小時，就今天下午……是的，你的房東太太已經跟我說了你的不幸事故。真替你難過……我可以派車去接你。我覺得能脫離這城市一下會有好處。你在那裡想怎樣都行——大可安靜躺著休息。沒人會干涉你的自由。」

午餐後不久，車子準時抵達接我。那是個燦爛美好的下午，車行期間，我對伯恩哈德的好意滿懷感激。可是，抵達別墅時，我有如吃了一記悶棍：草坪上擠滿了人。

我惱怒不已。這真是卑鄙的把戲，我心想。我老遠而來，穿著最舊的衣服，腳上綁著繃帶，手持枴杖，被誘騙闖進一個高級花園派對！伯恩哈德穿著法蘭絨褲和孩子氣的套頭衫出現，看上去驚人的年輕。他蹦蹦跳跳朝我而來，手一撐躍過矮圍欄：

「克里斯多福！你終於來了！請隨意不要客氣！」

不顧我的反對，他強行脫掉我的外套和帽子。也真不走運，我正穿著吊帶褲。其他賓客多半穿著時髦的里維拉法蘭絨。我面露酸澀微笑，本能地披上一副陰陽怪氣的偽裝盔甲，以便在這種場合保護自己，並一跛一跛地走進賓客之間。幾對夫妻正伴著攜帶式留聲機的音樂跳舞；兩名年輕男子在用靠墊打枕頭戰，各自的女伴在旁加油；草地上鋪了許多毯子，多數賓客都躺在上面聊天。一切都很不拘禮儀，而男僕和司機們謹慎地站在一旁，看著主人滑稽的動作，就像看顧著小孩的保姆。

他們在這裡做什麼？伯恩哈德為何邀請他們？這是否又是另一次更煞費苦心的嘗試，想要祛除他的幽魂？我決定相信不是；這多半只是一個固定的聚會，每年舉辦一次，邀請家族中所有親戚、朋友、家屬齊聚。而我只是另一個被勾選的名字，遠排在名單的底端。無端失禮太過愚蠢。既然來了，我就好好享受。

接著，完全出乎意料，我看見了娜塔莉亞。她穿著某種輕便的黃色料子，帶有小泡泡袖，手裡拿著一頂大草帽。她看上去如此貌美，我差點認不出來。她開心地走過來歡迎我：

「哎，是克里斯多福呀！我太高興了！」

「這些日子，你到哪裡去了？」

「在巴黎……你不知道？真心的？我一直在等你的信——卻什麼也沒有！」

「可是，娜塔莉亞，你從沒寫信通知我你的地址。」

「我有啊！」

「如果是這樣，我從沒收到那封信……倒是我自己也離開過一陣子。」

「哦？你也離開過？那很抱歉……我幫不了你！」

我們倆都笑了。娜塔莉亞的笑聲改變了，一如她身上其他所有事物。那笑聲不再像是來自一名會命令我讀雅各布森和歌德的嚴苛女學生。而且她臉上有種夢幻般的喜悅笑容——彷彿無時無刻不是在聽著輕快悅耳的音樂。儘管她明顯的很樂於再見到我，卻似乎難以專注於我們的談話。

「你在巴黎做什麼？你在讀藝術嗎，按照你之前的希望？」

「當然囉！」

「你喜歡嗎？」

「太棒了！」娜塔莉亞大力點頭，眼睛閃閃發光，說出的話似乎企圖別有所指。

「你母親有跟你一起去嗎？」

「有、有……」

「你們同租一層樓嗎？」

「對……」她再次點頭，「一層樓……喔，真是太棒了！」

「而你很快就要回去了？」

「唔，對……當然囉！就是明天！」她似乎相當驚訝我會問這種問題——驚訝全世界竟然不知道……我太瞭解那種感覺了！我現在確定：娜塔莉亞正陷入愛河。

我們繼續聊了幾分鐘——娜塔莉亞總是微笑，總是朦朧地聽著，但不是在聽我說。然後，突然間，她趕著要走。太晚了，她說。她還得打包行李，非馬上走不可。她緊緊握了握我的手，我看著她興高采烈地奔過草坪，上了一輛待命的車。她甚至忘了要我寫信，或給我她的地址。我邊揮著手跟她道別，邊感到化膿的腳趾傳來一陣忌妒的強烈刺痛。

後來，派對中較年輕的成員在石階底下，骯髒的湖水中嬉鬧游泳。伯恩哈德也下水游了。他有一副白皙、出奇純真的身軀，就像個小嬰兒，還帶有嬰兒渾圓、微微凸出的小腹。他笑鬧、潑水、吼叫，聲音比誰都大。當他跟我目光相接時，便會製造更多噪音——我暗自心想，其中是不是含有某種挑戰的意味呢？他是不是跟我一樣在想著，六個月前，就站在這個地方，他跟我說的話？「一起下來啊，克里斯多福！」他喊著，「對你的腳有好處的！」最後，當所有人上岸擦乾著身體時，他和其他幾位年輕男子，在花園的樹木間互相追逐、嬉笑。

但是，儘管伯恩哈德玩得不亦樂乎，派對並不真的「成功」。賓客分散成各個小團體和黨派；甚至在氣氛最歡樂的派對高潮時，也至少有四分之一的賓客正低聲嚴肅地討論著政治。確實，其中有些人來伯恩哈德家，很明顯只是要互相碰面討論他們自己私人的事務，也幾乎懶得作態去參與寒暄應酬。他們還不如乾脆坐在辦公室或家裡。

天色暗下來之後，一個女孩開始唱歌。她唱俄語，而且一如既往，曲調哀傷。僕人拿出玻璃杯和一大碗葡萄酒調酒。草坪上越來越冷。天上有數百萬顆星星。平靜滿盈的大湖上，最後一批幽靈般的船隻乘著微弱不定的晚風，忽遠忽近地航行著。留聲機持續播放。我仰躺在墊子上，聽著一名猶太外科醫師主張法國不可能瞭解德國，因為法國人沒有經歷過任何類似德國那種讓人神經緊張的戰後生活。一個女孩突然笑出聲，在一群年輕男子中花枝亂顫。在遠方，城市裡，選舉正在計票。我想到娜塔莉亞：她逃出去了——或許正是時候。不管結果有多常被耽擱延遲，這些人全都在劫難逃。這個夜晚是一場災難的彩排，宛如時代終結前的最後一夜。

十點半，派對開始解散。我們全都分站在大廳，或正門附近，有人正撥電話到柏林詢問消息。一陣沉寂的等待之後，聆聽著話筒的那張陰鬱臉龐舒緩成笑容。政府安全過關，他對大家說。幾名賓客大聲喝采，半帶著諷刺，但也鬆了口氣。我轉頭發現伯恩哈德在肘邊說：「又一次，資本主義得救了。」他微妙地笑著。

他安排我搭一輛要開往柏林方向的便車回家。來到陶恩沁大街時，有人正販售畢羅廣場槍擊案的號外。我想著派對上的一群人躺在湖邊草坪上，伴隨留聲機的音樂啜飲調酒；也想著那名警察，手握左輪槍，身受致命傷，跌跌撞撞爬上電影院台階，倒在一部喜劇片紙板人形廣告的腳邊死去。

再次音訊全無——這一次有八個月之久。而我還是來到這裡，按著伯恩哈德家的門鈴。正好，他在家。

「真是莫大榮幸，克里斯多福。只可惜，太難得了點。」

「是啊，很抱歉。我常想到要來看你……不知為什麼就是沒來……」

「你一直都在柏林嗎？你知道嗎，我打到施洛德女士那邊兩次，都是一個陌生的聲音接的，說你到英國去了。」

「我是這樣跟施洛德女士說的。不希望她知道我還在這裡。」

「哦，真的？你們吵架了？」

「正好相反。我跟她說要回英國，是因為不這麼說的話，她會堅持要資助我。我當時手頭有點緊……不過現在一切都沒問題了。」看見伯恩哈德臉上浮現一絲擔心，我急忙補充道。

「確定？我很替你高興……但你這段期間都怎麼過的？」

「跟一個五口之家同住在哈勒門一間兩房的閣樓。」

伯恩哈德笑著說：「有你的，克里斯多福——你的生活可真夠浪漫！」

「很高興你稱這種事浪漫，我可不覺得！」

我們都笑了。

「無論如何，」伯恩哈德說，「這種生活似乎很適合你。看你一副神采奕奕的樣子。」

我無法回敬他的恭維，只能心想我從沒見過他這麼病懨懨的。他的臉色蒼白憔悴；即便笑的時候也無法驅散臉上那股疲倦感。雙眼下掛著厚重的灰黃色眼袋。頭髮似乎更稀疏了。年齡彷彿一下增加了十歲。

「那你近來如何？」我問。

「我的存在，跟你相比，恐怕乏味得可悲……不過，仍有些喜悲劇性的消遣。」

「什麼樣的消遣？」

「比如說，這個——」伯恩哈德走向他的寫字檯，拿起一張紙遞給我：「今天早上寄來的。」

我讀著打字機打出來的字：

「伯恩哈德藍道爾，注意。我們將要跟你、跟你伯父、以及其他所有卑鄙的猶太人算帳。給你二十四小時離開德國。不然，你就死定了。」

伯恩哈德笑著說：「真嗜血，是吧？」

「難以置信……你認為是誰寄的？」

「被開除的員工，可能吧。或是惡作劇者。或是瘋子。或是激進的納粹學生。」

「你打算怎麼做？」

「什麼都不做。」

「總要報警吧？」

「親愛的克里斯多福，警察很快就會厭倦這些胡鬧了。這種信我們每週都會收到三四封。」

「即便如此，這一封還是很有可能是認真的……納粹或許寫起信來像學生，但他們什麼事都做得出來。正因為如此他們才這麼危險。人們取笑他們，直到大禍臨頭……」

伯恩哈德以他疲倦的笑容說：「我很感激你對我的事如此掛心。然而，我並不值得……我的存在對我，或對其他人，都沒那麼至關重要，需要動用公權力來保護……至於我的伯父，他現在人在華沙……」

我看出他希望改變話題：

「你有娜塔莉亞和藍道爾夫人的消息嗎？」

「當然有囉！娜塔莉亞結婚了。你不知道嗎？嫁給一個年輕法國醫生……聽說他們很幸福。」

「真替她高興！」

「是啊……想到朋友過得幸福真令人愉快，是吧？」伯恩哈德走到廢紙簍邊，將信丟了進去：「尤其是在另一個國家……」他的笑容溫柔、悲傷。

「你認為德國現在會怎麼樣？」我問，「會發生納粹政變還是共產革命？」

伯恩哈德笑著說：「我明白了，你一點都沒有失去你的熱忱！我只希望自己跟你一樣重視這問題就好了……」

「將來某一個美麗的早晨，你肯定非得重視這問題不可」——如此反駁已經到了唇邊：我現在很高興當時沒有脫口而出。反而問道：「為何這麼希望？」

「因為那代表我人格中還有些比較健康的東西……當今一個人是應該對這些事有興趣；我很清楚，這樣才正常，這樣才健康……而因為這一切對我來說似乎都有點不真實，有點——請別生氣，克里斯多福——微不足道，所以我知道自己正漸漸跟現實存在脫節了。這當然不好……人必須維持一種均衡感……你知道嗎，有好幾次，夜晚我單獨坐在這裡，被這些書籍和石像圍繞，一種奇怪的不真實感湧上來，彷彿這就是我全部的人生？沒錯，其實，有時候，我會感覺到一種懷疑，我們的公司——那棟從地板到天花板都塞滿我們所有累積資產的龐大建築——是否真的存在，而不只存在於我的想像中……然後，我會有一種不愉快的感覺，好像人在夢裡會有的那種，就是我自己並不存在。這無疑很病態，很錯亂……我要跟你坦白一件事，克里斯多福……有天晚上，我深受藍道爾百貨不存在的妄想所困擾，以至於拿起電話跟其中一名夜間守衛長談了一番，還胡謅了些愚蠢的藉口解釋為何打擾他。只為了消除我自己的疑慮，你明白嗎？你不覺得我一定是要瘋了嗎？」

「我完全不這麼覺得……這可能發生在任何工作過度的人身上。」

「你是建議放個假？正逢春天開始，去義大利待一個月？沒錯……我還記得曾經有段日子，義大利一個月的陽光就可以解決我所有的問題。但現在，唉，那解藥已經失去效力了。說件矛盾的事給你聽！藍道爾百貨對我來說已不再真實，然而我卻比以往更受它奴役！你看到一個齷齪的物質主義人生要受的懲罰了。不讓我埋頭苦幹，我肯定會變得不快樂……唉，克里斯多福，要以我的命運為誡啊！」

他微笑，輕鬆地說著，語氣半帶著戲謔。我不想再探究這個話題。

「你知道嗎，」我說，「我現在真的要回英國了。三或四天後動身。」

「真遺憾聽到這消息。你打算在那邊待多久？」

「大概一整個夏天。」

「你終於厭倦柏林了？」

「喔不……我感覺比較像是柏林厭倦了我。」

「那麼你還會回來？」

「對，我是這麼打算。」

「我相信你永遠會回到柏林，克里斯多福。你似乎屬於這裡。」

「或許是如此，某種程度而言。」

「人們好像屬於某個地方還真奇怪——尤其是某個非出生地……我首度到中國的時候，簡直像是這輩子頭一次回到了家一樣……也許，當我死的時候，靈魂會飄蕩到北京。」

「乾脆用火車把你整個人送去，越快越好！」

伯恩哈德大笑：「非常好……我會遵從你的建議！但有兩個條件——第一，你跟我一起去；第二，我們今晚就離開柏林。」

「你說真的？」

「當然是真的。」

「太可惜了！我很想去……但很不幸，我全世界的財產就只有一百五十馬克。」

「不用說，是由我來招待。」

「哇，伯恩哈德，真是太棒了！我們會在華沙停留幾天，辦理簽證。然後前往莫斯科，轉搭西伯利亞鐵路……」

「所以你會去囉？」

「當然！」

「今晚？」

我假裝考慮：「今晚，恐怕不行……我得先到洗衣店拿回送洗的衣服……明天怎麼樣？」

「明天就太遲了。」

「真可惜呀！」

「可不是嗎？」

我們都笑了。伯恩哈德似乎特別被自己的玩笑逗得樂不可支，笑聲中甚至有點誇張的成分，彷彿這情境中還有些更深層次的幽默，是我沒有看穿的。我道別的時候，我們還在笑。

或許是我對玩笑的反應太慢。無論如何，我花了將近十八個月才明白這個玩笑的意義——看出這是伯恩哈德在我們倆身上最後、最大膽也最悲觀的實驗。現在我確定——百分之百堅信——他的提議絕對是認真的。

一九三二年秋天，我回到柏林，立即撥電話給伯恩哈德，卻只聽說他不在，到漢堡出差去了。現在我責怪自己——人總是在事後感到自責——當時沒有更窮追不捨。可是當時有好多事等著我去做，那麼多學生，那麼多人要見；於是幾週變成幾個月；聖誕節來臨——我寄了一張卡片給伯恩哈德，但沒有回音：他八成又出遠門了；然後，新的一年開始。

希特勒上台，接著是國會縱火案，議會選舉。我納悶伯恩哈德發生了什麼事。我打過三次電話給他——從公用電話亭，免得害施洛德女士惹上麻煩——毫無回應。然後，四月初的一天晚上，我去他家探望。門房將頭伸出小窗，比過去更滿腹懷疑：一開始，他甚至似乎打算完全否認自己認識伯恩哈德。接著他厲聲說：「藍道爾先生走了……走很遠了。」

「你是指他搬走了嗎？」我問，「能給我他的地址嗎？」

「他走了。」門房重複，並將窗戶猛地關上。

我就這樣離去——多少合情理地斷定，伯恩哈德安全地在國外某處。

發起抵制猶太人的當天早晨，我繞到藍道爾百貨去看了一眼。表面上，似乎一切如常。每一個大出入口有兩三名穿著制服的納粹衝鋒隊男孩站崗。每當有消費者接近時，其中一人會說：「記住這是猶太人的店！」男孩們相當有禮貌，面露笑容，彼此打趣。小群路人聚集圍觀這場演出——有的感興趣、有的看熱鬧、有的只是無動於衷；都還不確定是否該贊同。完全沒有稍晚在報上讀到的那種氣氛：報導描述地方小鎮的消費者被強迫在額頭和臉頰上用橡皮圖章蓋印羞辱。而這裡還有相當多人進入百貨大樓。我自己也進去了，買下第一眼看到的商品——剛好是肉豆蔻磨碎器——手上轉著打包好的東西，又晃了出來。其中一個站在門邊的男孩向同伴使眼色，說了些什麼。我記得在

「亞歷山大賭場」見過他一兩次，就在我跟諾瓦克一家同住的那段期間。

五月，我最後一次離開柏林。我的第一站是布拉格——也就是在那兒，一人獨坐的某個夜晚，在一間地下室餐廳，間接地，我最後一次聽說藍道爾家的消息。

兩名男子坐在隔壁桌，說著德語。其中一位肯定是奧地利人；另一位我無法確定——他肥胖油光，約莫四十五歲，很可能在歐洲任何一個首都擁有一門小生意，從貝爾格勒到斯德哥爾摩都有可能。兩個人毫無疑問都很富有、是嚴格定義的亞利安人、而且政治中立。肥胖男子說了一句話意外引起我的注意：

「你知道藍道爾百貨嗎？柏林的藍道爾？」

奧地利人點頭：「當然知道……從前跟他們做過很多生意……他們那地方真不賴。肯定花了不少錢……」

「看了報紙沒，今天早報？」

「還沒，沒時間……正在搬新家。老婆要回來了。」

「她要回來了？不會吧！是去了維也納嗎？」

「沒錯。」

「玩得愉快嗎？」

「還用說！反正花得也夠多了。」

「近來維也納物價不低。」

「的確。」

「食物也貴。」

「到處都貴。」

「你說得沒錯。」肥胖男子開始剔起牙，「我剛剛說到哪？」

「你說到藍道爾百貨公司。」

「對喔……你今天早上沒看報紙？」

「沒看。」

「有篇關於伯恩哈德藍道爾的新聞。」

「伯恩哈德？」奧地利人說，「我想想——他是家裡的兒子，對吧？」

「我不知道……」肥胖男子用牙籤剔出一小塊肉屑，舉到燈光下，若有所思地凝視著。

「我想他是兒子，」奧地利人說，「或者是姪子……不，我認為是兒子。」

「不管他是誰，」肥胖男子將肉屑彈到他的盤子裡，一派厭惡模樣：「他死了。」

「不會吧！」

「心臟衰竭。」肥胖男子皺起眉頭，舉手搗著打了個嗝。他戴著三枚金戒指：「報紙上是這麼說的。」

「心臟衰竭！」奧地利人在椅子上不安地動了動：「不會吧！」

「近來在德國心臟衰竭的很多。」肥胖男子說。

奧地利人點點頭：「你不能相信所有聽到的事。這倒是真的。」

「如果你問我，」肥胖男子說，「任何人的心臟裡有顆子彈，肯定都會衰竭。」

奧地利人看起來很不自在，開口說：「那些納粹……」

「他們是來真的。」肥胖男子似乎挺樂於讓他的朋友寒毛直豎，「記住我的話：他們會把猶太佬從德國全清出去。清得一乾二淨。」

奧地利人搖著頭：「我不喜歡這樣。」

「集中營。」肥胖男子說，並點起一根雪茄，「他們把猶太人弄進去，逼他們簽東西……然後他們的心臟就衰竭了。」

「我不喜歡，」奧地利人說，「這有害生意。」

「是啊，」肥胖男子附和，「有害生意。」

「讓所有事都變得不確定。」

「沒錯。你永遠不知道是在跟誰做買賣。」肥胖男子笑著說。他令人難以言喻地感到有一點恐怖：「搞不好是具屍體。」

奧地利人微微抖了一下：「那老頭子怎麼樣了，老藍道爾？他們把他也抓了？」

「不，他沒事。他們沒他精明。他人在巴黎。」

「不會吧！」

「我估計納粹會接管他的事業。他們現在就在那麼做了。」

「那老藍道爾大概就完蛋了吧？」

「他才不會！」肥胖男子彈了彈雪茄的菸灰，一臉輕蔑。「他肯定會藏點老本，在某個地方。你等著瞧。他會東山再起的。可精明了，那些猶太佬……」

「沒錯，」奧地利人同意，「猶太佬可不能小看。」

這念頭似乎讓他振奮了一點。他興奮地說：「這倒提醒了我！我就知道有什麼事想跟你說……你聽說過猶太佬和一個有條木腿的非猶太女孩之間的故事嗎？」

「沒有。」肥胖男子一口口抽著雪茄。他的消化系統現在順暢運作著，飯後心情正好：「說吧……」

柏林日記
(1932-3年　冬)

今晚，入冬以來頭一次，天氣真的很冷。徹骨嚴寒靜靜襲捲城市，就跟夏日中午鋪天蓋地的熱浪一樣悄然無聲。低溫中，城市好似真的縮減凝結成一個小黑點，不比其他數百個黑點大多少，在這龐大的歐洲地圖上，一樣孤立難尋。城外，夜色下，越過最邊陲的新建水泥公寓街區，街道終止在結冰的社區出租花園，再向外即是普魯士平原。今晚，可以感覺到那些平原就在周遭，緩緩湧向城市，宛如無邊荒野構成的一片波濤大海——其中散布著無葉灌木林和冰湖，以及只有在提起某些半被遺忘的戰役時，才會想起曾做為戰場，有著古怪名字的小村落。柏林是一副骸骨，在嚴寒中作痛：有如是我自己的骨骼在發疼。我感覺到凍入骨髓的劇烈疼痛，從高架鐵路的樑柱、從陽臺的鐵欄杆、從橋樑、電車軌道、路燈柱、公共廁所傳來。鋼鐵震動收縮，石塊和磚頭隱隱悶痛，灰泥則僵得麻木。

柏林是一座有兩個中心的城市——群聚的高價旅館、酒吧、電影院、商店環繞著威廉大帝紀念教堂，形成一個閃亮的光核，在城市破落暮光的映照下，好似一顆假鑽；另一是菩提樹下大街沿路建築所形成，謹慎規劃過，有著自覺的市中心。這裡的風格雄偉、國際化，充滿複製品的再複製，樹立起我們做為首都的尊嚴——有一棟國會大廈、兩座博物館、一間國家銀行、一間大教堂、一間歌劇院、一打領事館、一扇凱旋門；什麼都沒有遺漏。而且全都如此富麗堂皇，如此端正合宜——

除了那間大教堂，建築式樣格格不入，像是突如其來的俗豔激情，總在嚴肅灰白的普魯士門面之後忽隱忽現。而所有激情都將被教堂那荒謬的圓頂撲滅，整個教堂顯得如此驚人的滑稽，讓人一見到就忍不住搜尋能夠搭配的可笑綽號——無玷消費*教堂。

但柏林真正的心臟是一小片潮濕的黑森林——蒂爾加滕公園。每年這時候，寒冷就會開始迫使鄉下男孩離開他們狹小無依的村莊，來到城市裡，尋找食物和工作。城市雖然在平原夜空中閃爍著明亮動人的光輝，可其實是冷漠、殘酷、死寂的。它的溫暖是種幻覺，是冬季荒野上的海市蜃樓。它不會接納這些男孩，也沒有東西可以給予。寒冷將他們驅離大街，進入森林，它殘酷的核心。他們蜷縮在那裡的長凳上，挨餓受凍，夢著他們遠方農舍中的火爐。

施洛德女士厭惡寒冷。她抱著毛皮內裡的絲絨外套縮成一團，坐在角落，套著襪子的雙腳擱在火爐上。有時她抽著菸，有時她啜飲著茶，但多數時候只是坐著，沒精打采盯著火爐的磚石，彷彿陷入半夢半醒的冬眠。近來，她很孤單。麥爾小姐遠在荷蘭，參加巡迴歌舞表演。所以施洛德女士除了巴比和我，沒有人可以說話。

＊原文Immaculate Consumption，是諧仿Immaculate Conception，乃天主教信條謂聖母瑪麗亞蒙天恩而無原罪懷孕的無玷成胎說。

巴比則深陷恥辱之中。他不只是失業和積欠三個月房租，而且施洛德女士有理由懷疑他從她錢包裡偷錢：「你知道嗎，伊希烏先生，」她跟我說，「我當初根本不該猶豫他有沒有偷柯斯特小姐那五十馬克……他絕對做得到，那隻豬！想想我竟然還誤認他有多好！你相信嗎，伊希烏先生，我對待他就像自己的兒子一樣——而這就是我得到的回報！他說如果得到溫德米爾夫人俱樂部酒保的工作，就會還我每一分錢……如果，**如果**……」施洛德女士嗤之以鼻地奚落：「我也會說！如果我祖母身上長輪子，就會變成一台公車了！」

巴比已經被趕出舊房間，驅逐到「瑞典閣」了。那上面通風一定非常好。有時可憐的巴比看上去冷得臉色發青。過去一年他變了非常多——頭髮更加稀疏，衣服更加破舊，厚臉皮變得更加刀槍不入，甚至有點可悲。對巴比這類人而言，工作就代表了他們——拿走工作，他們部分的存在就消失了。有時候，他會偷偷溜進客廳，鬍子沒刮，雙手置於口袋，帶著挑釁意味不自在地晃來蕩去，自顧自地吹著口哨——他吹的舞曲已不再新鮮。施洛德女士偶爾丟一兩句話給他，像是在勉強施捨一兩塊麵包，但她不會正眼看他，也不會在火爐邊幫他空出位子。或許她從沒真正原諒他跟柯斯特小姐的私情。搔癢拍臀的調笑日子已經結束了。

昨日柯斯特小姐意外親自登門造訪。我那時剛好不在：回來以後我發現施洛德女士相當興奮。「你想想看，伊希烏先生——我差點不認得她！她現在可真是個貴婦了！她的日本朋友買了件毛皮大衣給她——真的毛皮耶，我可不敢想像他付了多少錢！還有她的鞋——純正的蛇皮！嘖，嘖，她肯定也是努力賺來的！當今也就這一門生意還興隆了……想想我自己也該下海撈一筆囉！」但無論施洛德女士對柯斯特小姐的揮霍有多少冷嘲熱諷，我看得出來她留下了極為深刻且良好的印象。而且打動她的不是毛皮大衣或鞋子：柯斯特小姐達成了某種更高的成就——一種在施洛德女士的世界中值得尊敬的里程碑——她在一家私立療養院動了手術。「喔，不是你想的那樣，伊希烏先生！是跟她的喉嚨有關。當然，也是她朋友付的錢……想像一下——醫生從她鼻後切下一些東西；現在她可以嘴裡含著水，再從鼻孔噴射出來，簡直就像注射器！我一開始也不相信——但她真的表演給我看！我發誓，伊希烏先生，她可以從廚房這頭直噴到那頭！不可否認，跟住在這裡時相比，她真的改頭換面了……如果她哪天嫁給一個銀行董事我也不會意外。沒錯，記住我的話，那個女孩會飛上枝頭……」

坎夫先生是一名年輕的工程師，也是我的學生之一。他跟我描述了經歷大戰和通貨膨脹的童年歲月。在戰爭的最後幾年，火車車廂的窗帶都消失無蹤：全都被人割去當皮革賣了。甚至可以見到男男女女穿著車廂內裝做成的衣服四處走。坎夫的一幫校園朋友有天晚上闖入一間工廠，偷走了所有皮製傳動帶。每個人都在偷。每個人都在賣任何能賣的東西——包括他們自己。有一個十四歲男孩，跟坎夫同班，於上課時間在街上兜售古柯鹼。

農人和屠夫此時至高無上。如果想要蔬菜或肉，就得滿足他們任何一絲奇想。坎夫家認識柏林外一個小村莊中的屠夫，他永遠有肉可以賣。但這屠夫有個特殊的性癖好，他在情慾上最大的樂趣來自於捏掐和掌摑敏感、有教養之女孩或女人的臉頰。能有機會如此羞辱一位像坎夫太太這樣的淑女，讓他興奮莫名：除非能讓他實現幻想，否則他絕對拒絕做生意。於是，每週日，坎夫太太會帶著孩子出城到村莊，耐心地獻上她的臉頰供捏掐掌摑，以交換些肉片或牛排。

波茨坦大街底端有個露天市集廣場，裡面有旋轉木馬、鞦韆和偷窺秀。市集的主要賣點之一是舉辦拳擊和摔角的帳篷。你付錢進去，看摔角手打上三四個回合，然後裁判會宣布，如果還想看，得額外支付十芬尼。其中一名摔角手是個禿頭，挺著很大肚子的男人：他穿著一條底部捲起的帆布褲，好似是要去划船。他的對手穿黑色緊身衣，還戴著像是從馬車上拆下來的皮製護膝。兩名摔角手盡其所能將彼此拋來摔去，在空中翻觔斗，娛樂觀眾。扮演落敗者的胖子被打時裝得非常憤怒，並威脅要揍裁判。

拳擊手中有一位是黑人，他總是獲勝。拳擊手們戴著露指拳套互擊，發出極大的聲響。另一個拳擊手是名高大健美的年輕人，約比黑人年輕二十歲，而且顯然也比他壯碩得多，卻莫名其妙輕鬆被「擊倒」。他在地上痛苦不堪地扭動，奮力掙扎，數到十之前幾乎要站了起來，卻又再次癱倒，呻吟著。拳賽後，裁判會再收十芬尼，並從觀眾中徵求挑戰者。在任何真正有意的挑戰者來得及回應前，另一位先前還公然跟摔角手談笑的年輕人匆匆跳進擂臺，剝光外衣，露出原本就穿好的短褲和拳擊鞋。裁判宣布獲勝的話有五馬克獎金；而這一次，黑人被「擊倒」了。

觀眾對這些比賽認真得不得了，對著拳手嘶吼加油，甚至會私下對賭和爭執結果。然而幾乎所有人在帳篷中都待得跟我一樣久，而且在我離開時仍繼續留下。這政治上的寓意相當令人沮喪：這些人可以相信任何人或任何事。

今晚走在克萊斯特街上，我看到一小群民眾聚集在一輛私家車四周。車裡有兩個女孩；兩名年輕猶太人站在人行道，跟一個高大的金髮男子激烈爭吵著，金髮男子顯然有點醉了。看上去似乎是猶太人先前正沿街慢慢開，想找機會釣女孩子，最後邀了這兩位女孩兜風。女孩答應並上了車。可是這時金髮男子出面干涉。他跟他們說，他是納粹，因此覺得有義務捍衛所有德國女人的榮譽，免於下流的反北歐人士威脅。兩名猶太人似乎一點也不害怕；他們理直氣壯地叫那名納粹少管閒事。在此同時，女孩們趁著口角，下車一溜煙跑了。接下來那名納粹嘗試拖其中一位猶太人一起去找警察，結果被抓住胳臂的那位猶太人賞了他一記上鉤拳，讓他四腳朝天平躺在地。那名納粹還來不及起身，兩個年輕人就已經跳上車揚長而去。群眾慢慢散去，同時互相爭論著。很少人公開偏袒那名納粹；有幾個人支持猶太人；但大多數人都很自我克制，只是含糊地搖搖頭，喃喃自語：「**太離譜了！**」

三小時後，當我再經過同一地點時，那名納粹仍在來來回回巡邏，飢渴地尋找更多需要援救的德國女子。

我們剛收到一封麥爾小姐的來信，施洛德女士找我一起讀。麥爾小姐不喜歡荷蘭。她被迫在許多二流城鎮的三流酒館中唱歌，而且她的臥室經常冷得要命。她寫到，荷蘭人沒有文化；她只有遇到一位真正文雅高尚的紳士，一名鰥夫。那名鰥夫對她說，她是一個真正有女人味的女人——而他對黃毛丫頭沒興趣。他送了一整套全新的內衣給她，表達對她歌藝的仰慕。

麥爾小姐跟同僚間也有些問題。在某個城鎮，一名敵對的女演員忌妒麥爾小姐的歌唱實力，拿帽針想戳她眼睛。我忍不住欽佩那位女演員的勇氣。麥爾小姐跟她打完之後，傷勢嚴重到有一個星期無法登台。

昨晚，弗里茨溫德提議來趟「低級酒館」巡禮。這可以算是告別之旅，因為警察已開始對這些地方特別提高興趣，頻繁地臨檢，並抄下每一個顧客的姓名。甚至謠傳柏林會有一番大整頓。

我堅持要造訪從沒去過的「莎樂美」，讓弗里茨有點不耐。他身為夜生活的行家，對那裡相當不屑。他跟我說，那裡徒有盛名，經營者完全只想迎合外地觀光客。

結果莎樂美非常昂貴，而且甚至比我想像的更悶。幾名扮裝女同志和眉毛剃光的年輕男子倚在吧檯邊，不時發出粗啞大笑或尖銳喊叫聲——顯然是想要呈現墮落罪人的歡笑。整間店都被漆成金色和地獄紅——搭配數吋厚的血紅色絨布，以及巨型滑鏡。店裡人聲鼎沸。觀眾主要由體面的中年商人及其家人組成，愉快地驚呼著：「是真的嗎？」和「「哇，真想不到！」歌舞表演到一半，就在一個年輕男子身著鑲滿亮片的硬襯裙和掛著珠寶的乳帽，痛苦地完成三次劈腿之後，我們走到了店外。

在入口我們遇到一群美國青年，喝得很醉，正考慮要不要進去。領頭的是個矮小結實的年輕男子，戴著夾鼻眼鏡，下巴惱人地凸出。

「嘿，裡面有什麼？」他問弗里茨。

「男人打扮成女人。」弗里茨咧嘴一笑。

矮小的美國人簡直不敢相信。「男人打扮成**女人**？哎，**女人**？你的意思是他們是**同性戀**？」

「我們終究全都是同性戀。」弗里茨以肅穆哀戚的語調，慢條斯理地說。年輕男子緩緩打量著我們。他剛剛在奔跑，仍上氣不接下氣。其他人傻傻地群集在他身後，準備好面對任何事——雖然他們生澀、張著嘴的臉在綠色燈光下顯得有點害怕。

「喂，你也是**同性戀**？」矮小的美國人突然轉向我盤問。

「是的，」我說，「非常同性戀。」

他在我面前站了一會兒，喘著氣，伸著下巴，似乎不太確定是否該朝我臉上揮拳。然後他轉過身，發出某種瘋狂大學生的助威吶喊，再領著身後其他人猛然衝進樓裡。

「去過動物園站附近的共產黨酒館嗎？」正從莎樂美離開時，弗里茨問我。「總該去瞧一眼……或許，六個月後，我們都將穿著紅上衣……」

我同意。我很好奇弗里茨心目中的「共產酒館」會是什麼樣子。

那其實是間白色粉刷的小地窖。無裝飾的大桌邊放著長木凳；一打人坐在一起——就像學校的食堂。牆上是凌亂的表現主義畫作，包含實際剪報、真的紙牌、啤酒瓶墊、火柴盒、紙菸盒、及頭被切掉的相片。酒館裡滿是學生，穿著多半像是配合激進政治立場似的邋遢——男生穿著水手毛衣和髒汙寬鬆的褲子；女生則穿著不合身的連身裙，裙子還可見到用安全別針別在一起，俗豔的吉普賽圍巾在頸上隨隨便便打個結。女店長正在抽雪茄。舉止貌似服務生的男孩唇間叼著根菸，四處閒晃，並在替客人點餐的時候朝他們背上一拍。

一切都極其裝模作樣、無憂無慮、快活宜人：忍不住立即讓人感覺彷彿回到了家。弗里茨一如既往，認出許多朋友。他跟我介紹了其中三位——一個名叫馬丁的男人，一個名叫韋納的藝術學院學生，以及他的女友英琪。英琪直率活潑——她戴了頂小帽，上面有根羽毛，讓她跟亨利八世有某種滑稽的相似之處。當韋納跟英琪喋喋不休時，馬丁便沉默地坐著：他又黑又瘦，臉頰窄削，帶著滿腹心機的人那種莫測高深的尖刻笑容。當晚稍後，弗里茨、韋納和英琪移到隔桌加入另一批人，此時馬丁開始談即將來臨的內戰。馬丁解釋，戰爭爆發時，共產黨雖僅有少數的機槍，仍將掌控屋頂。然後他們會用手榴彈將警察困在灣區。只需要堅持三天即可，因為蘇聯艦隊會立即突襲斯維慕德港，開始讓軍隊登陸。「我現在多半時間都在製作炸彈。」馬丁補充說。我點頭微笑，非常尷尬——不確定他是在開我玩笑，或是故意輕率地說些駭人聽聞的事。他肯定沒有醉，感覺也不像只是精神錯亂。

不久，一位十六或十七歲，英俊得讓人側目的男孩走進酒館。他的名字叫魯迪，身上穿著俄式罩衫、皮短褲和快遞員的靴子。他像是剛完成一個凶險任務的傳令員，以充滿英雄氣概的態度，大步走向我們的桌子。然而，這次他沒有任何訊息要傳遞。在旋風似登場，及一連串簡明、軍人般的握手之後，他相當安靜地在我們身旁坐下，點了一杯茶。

今晚我再度造訪「共產酒館」。那真是個充滿陰謀和反陰謀的迷人小世界。其中的拿破崙是邪惡炸彈客馬丁；韋納是丹唐*；魯迪是聖女貞德。每個人都在懷疑別人。馬丁已經警告過我要小心韋納：他在「政治上不可靠」——去年夏天他竊取了共產青年組織全部的基金。而韋納也警告我小心

* Georges Jacques Danton，法國大革命領袖之一。

馬丁：他不是納粹臥底，就是警方間諜，再不然就是拿法國政府的錢。除此之外，馬丁和韋納兩人都誠心建議我別跟魯迪扯上任何關係——他們斷然拒絕說明原因。

但要對魯迪視而不見不太可能。他一屁股在我身旁坐下，並立即開始說話——簡直是個熱情的颶風。他的口頭禪是「棒」：「喔，**棒呆了！**」他是個探勘者，想知道英國的童子軍是什麼樣子。他們有冒險犯難的精神嗎？「所有的德國男孩都愛冒險。冒險很棒。我們的童軍團團長是個很棒的人。去年他跑到芬蘭的拉普蘭，住在一間小破屋裡，整個夏天獨自一人……你是共產黨嗎？」

「不是，你是嗎？」

魯迪感到受傷。

「那當然！我們這裡全都是……如果你有興趣，我可以借你幾本書……你應該來瞧瞧我們的集會所，棒呆了……我們會唱紅旗歌，以及所有被禁的歌曲……你能教我英語嗎？我想學習所有的語言。」

我問道他的探險隊裡有沒有女孩子。魯迪一臉震驚，彷彿我說了什麼不堪入耳的話。

「女人不好。」他不痛快地對我說，「她們會搞砸一切。她們沒有冒險的精神。男人聚集在一起比較能夠互相瞭解。彼得叔（我們的童軍團團長）說女人該待在家裡補襪子。她們只適合幹那種事！」

「彼得叔也是共產黨嗎？」

「那當然！」魯迪懷疑地看著我，「你為什麼這麼問？」

「喔，沒什麼特別原因，」我急忙回說，「我大概是把他跟另一個人搞混了……」

今天下午我到城外的少年感化院去拜訪我的一名學生，布林克先生。他是那裡的教師，是個矮小、肩膀寬闊男人，有著長下巴、無生氣的金髮、溫和的眼睛，以及德國素食主義知識分子那種過重凸出的額頭。他穿著涼鞋和開領襯衫。我在健身房找到他，正在指導一班有智力缺陷的孩童運動——這間感化院同時收容智力缺陷的孩童及少年罪犯。帶著某種悲哀的自豪，他指出各種不同的案例：一個小男孩患有遺傳性梅毒，有嚴重的斜視；另一個是老酒鬼的孩子，無法克制地笑個不停。他們像猴子般在肋木爬上爬下，嬉笑談天，似乎相當快樂。

接著我們上樓到工作間，裡面是較年長的男孩——全是定罪的少年犯——穿著藍色工作服，在做靴子。布林克進來時，多數男孩都抬起頭露出微笑，只有少數幾個繃著臉。但我不敢直視他們的眼睛。我感覺極端內疚和羞愧：在那一刻，我似乎成了他們的獄卒，也就是資本主義社會的唯一代表。我想著他們之中會不會有人真的是在「亞歷山大賭場」被捕，若果真有，又會不會認得我。

我們在護士長的房間吃午飯。布林克先生很抱歉讓我吃跟孩子們相同的食物——兩根香腸配馬鈴薯湯，一碟蘋果及泡梅干。我力言——無疑也被期待會這麼說——這些東西很好吃。然而想到孩子們得在那棟樓裡吃這些東西，或是其他任何餐點，就讓我每一口都哽在喉頭。團體機構的食物有種難以形容，或許純粹是出於想像的味道。（我對自己的學校生活最鮮明也最不快的記憶，就是那普通白麵包的味道。）

「你們這裡沒有柵欄或上鎖的閘門，」我說，「我以為所有的感化院都有……你們的孩子不會經常逃跑嗎？」

「幾乎不曾發生。」布林克說，而承認這事似乎明顯讓他不太高興；他消沉地將頭埋在雙手之間。「他們要跑去哪裡？這裡很糟，但家裡更糟。他們大多數都很清楚。」

「但追求自由不是一種天性嗎？」

「沒錯，你說得對。但孩子們很快就失去了。體制有助他們拋棄這種天性。我想或許在德國人身上，這種天性從來就不強烈。」

「那你這邊沒有什麼麻煩囉？」

「呃，有時候還是有……三個月前，發生了一件很糟糕的事。有個男孩偷了另一個人的大衣。他請求許可進城——這是容許的——而且有可能是打算去賣掉大衣。但大衣的主人跟蹤他，他們打了一架。原本擁有大衣的男孩撿了一顆大石頭朝另一人砸；被砸的男孩感覺自己受傷了，便故意將泥土抹在傷口上，希望讓傷勢更惡化好逃避懲罰。傷口的確是惡化了。三天後男孩死於敗血症。而另一個男孩聽到這消息，也拿廚房的刀自殺了……」布林克深深嘆一口氣，「有時我幾乎絕望，」他繼續說，「似乎有一種邪惡、一種疾病在感染今日的世界。」

「你真正能為這些孩子做什麼？」我問。

「非常少。我們教他們一門手藝。之後，試著幫他們找到工作——而這幾乎不可能。如果他們在附近有工作，晚上還可以繼續睡在這裡……院長相信透過基督教義，他們的人生可以改變。但我恐怕不這麼覺得。問題沒那麼簡單。我怕他們大多數人，如果找不到工作，必然從事犯罪。畢竟，人是不能被要求去挨餓的。」

「沒有其他的選擇嗎？」

布林克起身領我到窗邊。

「你看到那兩座建築了嗎？一座是機械工廠，另一座是監獄。這一區的男孩過去有兩個選擇……但現在工廠破產了，下星期就會關閉。」

今天早上我去參觀魯迪的集會所，那也是一間探險家雜誌的辦公室。雜誌編輯兼童軍團團長彼得叔是個還很年輕，但形容枯槁的男人，有張羊皮紙色的臉和深深凹陷的眼睛，穿著燈心絨上衣和短褲。他顯然是魯迪的偶像。魯迪唯一會閉嘴的時候，就是當彼得叔有話要說時。他們拿了一堆男孩的照片給我看，全都是鏡頭由下往上仰角拍攝，於是他們全都像史詩巨人，只見側影搭配背景大片的雲。雜誌本身有關於打獵、追蹤和覓食的文章——全都以超級狂熱的風格寫成，文句背後隱含著一種奇特的激情，彷彿所描述的行為是某種宗教或性愛儀式的一部分。屋內還有半打的男孩跟我們在一起：全部都神勇地衣不蔽體，穿著最短的短褲，和最薄的襯衫或汗衫，無畏天氣其實如此寒冷。

等我看完照片，魯迪帶我進入會議室。牆上垂掛著彩色長條旗幟，上面繡著字母和神秘的圖騰符號。房間的一頭有張矮桌，上面覆蓋深紅色繡花布——有如某種神壇。桌上擺設有插著蠟燭的銅燭臺。

「每週四會點蠟燭，」魯迪解釋，「算是我們的營火晚會。我們會在地上圍坐成一圈，唱歌講故事。」

燭臺桌上方的牆面有某種聖像——是一個年輕探險家的裱框畫像。畫中人美得超乎自然，堅定地凝視著遠方，手持旗幟。整個地方讓我深感不適。我找了個藉口趕緊脫身。

在一間酒館無意中聽到：一名年輕納粹跟女友坐在一起；他們在討論黨的未來。那名納粹已經醉了。

「喔，我知道我們會贏，毫無疑問，」他不耐地大聲說，「但那還不夠！」拳頭在桌上用力一捶：「一定要見血！」

女孩輕撫他的手臂安慰著。她正試著勸他回家。「但這是當然的，一定會見血啊，寶貝。」她柔情地低聲安撫，「主席在綱領中都承諾過了。」

今天是「銀色星期日」，街上擠滿了購物人潮。整條陶恩沁大街上，有男有女有小孩在叫賣明信片、鮮花、歌集、髮油、手鐲。要販售的聖誕樹被堆在道路正中央，兩條電車軌道之間。穿著制服的納粹衝鋒隊成員敲擊著募款箱。小巷裡，幾卡車的警察正在待命；因為近來只要有大批群眾，就可能演變成政治暴動。救世軍在維騰堡廣場立了一棵會發光的大樹，上面有顆藍色電燈星星。一群學生站在周圍，發表尖刻的評論。在其中我認出了「共產酒館」的韋納。

「明年此時，」韋納說，「那顆星星就會換個顏色了！」他激烈地狂笑，處於一種興奮，略為歇斯底里的情緒。他告訴我，昨天他經歷了一場大冒險：「是這樣的，我和另外三位同志決定要在新克爾恩區的職業介紹所進行一場示威活動。我負責發聲，其他人則確保我不被打斷。我們大約十點半到那邊，正是介紹所裡人最多的時候。當然，我們事前全都計劃好了——每一名同志把守住一扇門，不讓任何辦公室裡的職員出去。於是他們就像兔子一樣被關起來……當然，我們也很清楚，無法防止他們打電話報警。我們估計約有六到七分鐘時間……於是門一關上，我就跳上桌子。腦袋裡跑出什麼我就大聲喊出來——根本不知道自己說了什麼。無論如何，他們很喜歡……才半分鐘就讓他們興奮得我都有點害怕，怕他們衝進辦公室對某人動私刑。我告訴你，那可真是場熱鬧的大宴會呀！但正當事情開始熱絡起來時，一位同志走上前告訴我們警察已經到了——剛下車。所以我們只好趕緊逃跑……他們差點就逮到我們了，幸虧群眾站在我們這邊，阻擋他們通行，直到我們從另一扇門溜到街上為止……」韋納上氣不接下氣地說完。「我告訴你，克里斯多福，」他又說，「資本主義體制不可能延續多久的，工人已經在行動了。」

今晚稍早，我經過畢羅街。體育宮裡剛舉辦一場大型納粹集會，成群的男人和男孩散場出來，個個穿著褐色或黑色的制服。走在人行道上，我前方有三名納粹衝鋒隊員，肩上全都扛著納粹旗幟，像是扛著步槍，旗子緊緊纏繞在旗桿上——旗桿頂端被打造成尖銳的金屬箭頭。

突然間，三名衝鋒隊員跟一個十七或十八歲，穿著便服的青年面對面。青年正以反方向匆忙趕路。我聽見其中一名納粹吼道：「就是他！」三人立刻朝那年輕人身上撲過去。青年發出一聲尖叫，想要閃躲，但他們的動作太迅速。頃刻他們就將他拖到房屋入口的陰影處，踩在他身上，踹他，用旗桿尖銳的金屬頭戳他。這一切全都發生得迅雷不及掩耳，我簡直不敢相信自己的眼睛——還沒意識過來，三名衝鋒隊員已經離開受害者，大搖大擺穿越人群，走向通往高架鐵路車站的階梯。

我和另一位路人最先來到那年輕人倒地的門口。他扭成一團縮在角落，像是被棄置的袋子。他被抬起的時候，我瞥見他的臉，感到一陣噁心——他的左眼有一半被戳出來，傷口汩汩流著血。他沒死。某人自願用計程車帶他去醫院。

這時候，有十幾個人在旁圍觀。他們看起來驚訝，但並不特別感到震撼——當今這種事太常發生了。「真離譜……」他們喃喃說。二十碼外，在波茨坦大街街角，站著一群全副武裝的警察。他們挺著胸，手放在左輪槍腰帶上，了不起地無視這整件事。

韋納成了英雄。他的相片幾天前登上了《紅旗報》，相片說明寫著：「警方血腥行動的又一受害者。」昨天是元旦，我去醫院探望他。

似乎就是在聖誕節過後，斯德丁車站附近有場街頭鬥毆。韋納站在群眾邊緣，不清楚鬥毆的來龍去脈。抱著其中含有政治因素的一絲可能，他開始喊：「紅色陣線！」一名警察試圖逮捕他，韋納踹了他肚子一腳，警察拔出左輪朝韋納的腿開了三槍。開完槍之後，他叫來另一名警察，一同將韋納扛上計程車。前往警局的路上，警察用警棍敲韋納的頭，直到他昏過去。等他完全康復之後，八成會被起訴。

他帶著極大的滿足感跟我描述這一切，在床上坐得直挺，四周圍繞著面露欽羨的朋友，包括魯迪，和戴著那亨利八世小帽的英琪。他的剪報散布在身旁被單上，有人細心地用紅筆在每次提及韋納的姓名時畫線。

今天一月二十二日，納粹在畢羅廣場舉辦了一場示威遊行，就在李卜克內西*之屋前。過去一週共產黨不斷試圖讓政府禁止這次遊行：他們說這完全是故意挑釁——當然，也確實如此。我跟著報社通訊記者法蘭克一起去旁觀。

如同法蘭克事後所說，這並不是一場納粹示威，而是警方示威——現場每一個納粹身邊幾乎都有兩個警察。或許施萊謝爾將軍（Kurt von Schleicher）准許這場遊行只是為了展示誰才是柏林真正的主人。每個人都說他將會宣佈軍事獨裁。

但柏林真正的主人不是警察，也不是軍隊，當然更不是納粹。柏林的主人是勞工——儘管聽過或讀過那麼多宣傳，參加過那麼多遊行，我今天才頭一次明白此事。畢羅廣場周遭街道上幾百名群眾中，只有極少數是有組織的共產黨員，但你會感覺好像他們每一個人都團結一致對抗這場遊行。有人開始唱〈國際歌〉，不一會兒，大家都齊聲合唱——甚至包括在頂樓觀看，抱著小孩的女人。納粹落荒而逃，夾在兩排護衛者中間，使盡全力往前衝。其中多數人眼睛盯著地面，或是目光呆滯地望著前方，少數幾個努力露出虛弱黯淡的微笑。隊伍通過之後，一名年老肥胖的衝鋒隊員不知怎地落在了後面，喘著氣急急忙忙跑來，一臉驚恐地發現自己落單，並徒勞地努力想追上其他人。群

* Karl Liebknecht House，當時德國共產黨黨部所在地。李卜克內西為德國共產黨創黨靈魂人物，1919年遇害，後黨部大樓以他命名做為紀念。

眾全都哄然大笑。

遊行期間，任何人都不許待在畢羅廣場上。因此人群不平靜地呼來擁去，情況逐漸變得混亂。警察揮舞著步槍，命令我們退後；其中一些比較欠缺經驗的緊張起來，一副真要開槍的樣子。然後一輛裝甲車出現，並將機槍緩緩對準我們的方向。人們四散逃竄進房屋大門或咖啡館內；但裝甲車一開始繼續行進，每個人又擁上大街，吼叫歌唱。這簡直就像一場頑皮學生的遊戲，讓人無法認真提高警覺。法蘭克非常樂在其中，笑得合不攏嘴，一直蹦蹦跳跳，搭配他身上不斷拍動的大衣和貓頭鷹似的大眼鏡，簡直就像隻嘲弄、笨拙的鳥。

寫下上面那段文字後才過了一星期，施萊謝爾辭職下台。納粹小眼鏡們露了一手。希特勒和胡根堡（Alfred Hugenberg）共組內閣，沒人認為那能延續到春天。

報紙變得越來越像校園刊物。上面什麼都沒有，只有新規定、新罰則，和被「拘禁」的名單。今天早上，戈林（Hermann Göring）發明了三種新的叛國罪。

每天晚上，我會到威廉大帝紀念教堂旁邊，寬闊半空的藝術家酒館坐坐。猶太人和左翼知識分子在裡面隔著大理石桌交頭接耳，聲音低微而恐懼。其中很多人知道他們肯定會被逮捕——不是今天，就是明天，或下禮拜。因此他們對彼此禮貌和善，並揚帽問候他們同僚的家人。持續多年惡名昭彰的文藝爭執都被遺忘了。

幾乎每晚，都有衝鋒隊員進入酒館。有時只是募款；每個人都不得不給點什麼。有時候是來逮人。有天晚上在場的一名猶太作家衝進電話亭想報警，納粹將他拖了出來帶走。沒人動一動手指。在他們離去之前，你幾乎可以聽見針掉在地上的聲音。

外國報紙的通訊記者們每天晚上都在同一間義大利小餐館，同樣角落的一張大圓桌吃飯。餐館裡其他所有人都在看著他們，並試圖旁聽他們在說什麼。如果你有新聞提供給他們——比如逮捕的細節，或受害者的地址，而其親屬可能願意接受採訪——那其中一位記者就會離開餐桌，陪你到外面街上來回踱步。

我認識的一位年輕共產黨員被衝鋒隊逮捕，帶到納粹營房毒打了一頓。三四天後，他被釋放回家。隔天早上有人敲門，共產黨員一拐一拐地去開門，手臂還用懸帶吊著——結果門口站著一名手捧募款箱的納粹。一看見他，那個共產黨員完全失去理智，怒吼道：「你們把我揍一頓還不夠嗎？竟然還敢來找我要錢？」

但納粹只是微笑。「哎唷，同志！別再做政治爭論了！記得嗎，我們全都生活在第三帝國！我們都是兄弟！你必須試著把那愚蠢的政治仇恨從內心趕走呀！」

今晚我走進克萊斯特街上的俄國茶館，D也在那兒。有一瞬間我真以為自己在做夢。他稀鬆平常地跟我打招呼，笑容滿面。

「老天爺啊！」我低聲說，「你怎麼會在這裡？」

D眉開眼笑。「你以為我已經出國去了？」

「那當然……」

「但現今的情勢這麼有趣……」

我笑了。「那當然也是一種看法……但對你來說不是非常危險嗎？」

D只是微笑。然後他轉身跟坐在一起的女伴說：「這位是伊薛伍德先生……你可以放心跟他說話。他跟我們一樣痛恨納粹。喔，沒錯！伊薛伍德先生是個堅定的反法西斯主義者。」

他盡情地大笑，並拍著我的背。幾個坐我們附近的人無意間聽到他的話。他們的反應很奇怪，不是完全不敢相信自己的耳朵，就是害怕到假裝什麼也沒聽見，並以一種又聾又恐懼的狀態繼續啜飲著茶。我一輩子很少感覺這麼不舒服過。

（D的方法顯然還是有其道理。他從沒被逮捕。兩個月後，他成功跨過邊界進入荷蘭。）

今天早上，我走在畢羅街上時，納粹正在查抄一間自由及和平主義的小出版社。他們開來了一輛貨車，並將出版社的書全裝上車。貨車司機嘲諷地對群眾唸出書名：

「消滅戰爭！」他大喊，抓著封面一角將書舉起，滿臉嫌惡，彷彿是某種噁心的爬蟲類動物。大家哄然而笑。

「『消滅戰爭！』」一名肥胖、穿著體面的女人重複著，並發出輕蔑、粗魯的笑聲。「還真天才！」

目前，我其中一位固定的學生是N先生，他是威瑪政權下的一位警察首長，每天都會來找我。他想溫習英文，因為他很快就要到美國從事一項工作。這些課程奇特的地方是，每次都是搭乘N先生的巨型密閉式轎車，在街上四處亂逛時上課。N先生本人從不進我們的屋子：他都派司機上來接我，之後馬上離開。有時我們會在蒂爾加滕公園的邊緣停幾分鐘，在步道上來回走走——司機總是保持恭敬的距離跟在後面。

N先生跟我談的主要都是他的家人。他擔心他的兒子，他非常嬌弱，但卻不得不留下來接受一項手術。他的妻子也很嬌弱，他希望旅途不會讓她疲憊不堪。他描述了她的症狀，還有她吃的藥。他跟我訴說兒子小時候的故事。以一種得體、不帶情感的方式，我們變得相當親密。N先生總是彬彬有禮，嚴肅且仔細地聽著我解釋文法。在他說的每一句話背後，我都感覺到無盡的哀傷。

我們從來不討論政治；但我知道N先生一定是納粹的敵人，甚至隨時都可能有被捕的危險。有天早上，我們正沿著菩提樹下大道駕駛，經過一群妄自尊大的衝鋒隊員，他們正在聊天，且阻擋住了整條人行道。行人被迫走在水溝上。N先生露出黯淡悲傷的微笑：「當今街上什麼奇異的景象都看得見。」那是他唯一的評論。

有時他會傾向車窗，憂傷凝止地注視著一棟建築或一個廣場，彷彿要將其影像銘刻在記憶上，並向它告別。

明天我就要去英國。幾個星期後我會回來，但只是要收拾我的東西，然後永久離開柏林。

可憐的施洛德女士傷心不已：「我再也找不到另一個像你這樣的紳士了，伊希烏先生——總是那麼準時交租……我真不知道是什麼原因讓你要離開柏林，這麼地突然，就這樣……」

試著跟她解釋原因，或說明政治情勢，都於事無補。她已自我調適好了，畢竟不管面對哪一個新政權她都會自我調適。今天早上我甚至聽見她恭敬地跟門房的老婆談到「元首」（Der Führer）。如果任何人提醒她，去年十一月的選舉她投給了共產黨，她大概會摸著良心，嚴詞否認。她也只是遵循自然法則，去順應時勢，就像動物換毛過冬一般。數以千計的人都如同施洛德女士一樣在順應時勢。終究，不管哪個政府掌權，活在這個城市的他們都在劫難逃。

今天陽光燦爛耀眼，天氣相當暖和。我出門做最後一次晨間散步，沒穿戴大衣或帽子。陽光燦爛，而希特勒是這城市的主人。陽光燦爛，而我的許多朋友——我在勞工學校的學生、我在共產組織認識的男男女女——都在牢裡，也可能死了。但我想的不是他們——那些頭腦清楚、堅毅果斷、英勇無畏的人；他們認清且接受這風險。我想的是可憐的魯迪，穿著可笑俄國罩衫的魯迪。他那虛假、故事書式的遊戲現在變得再嚴肅不過；而納粹會跟他一起玩。納粹不會嘲笑他；不管他假扮成什麼他們都會相信。或許就在此時此刻，魯迪正被折磨得要死不活。

我在一間店的鏡子中瞥見自己的臉，驚駭地發現自己正在笑。天氣如此美麗，你無法克制笑容。電車在克萊斯特街上來來回回，一如平常。這些，和人行道上的行人，和諾倫多夫廣場車站那茶壺套般的圓頂，都有一種奇特的熟悉感，彷彿是過去記憶中某些正常且令人愉快的東西——像是一張非常棒的照片。

不，即使到現在，我仍無法完全相信這一切真的發生過……

國家圖書館出版品預行編目資料

再見，柏林 / 克里斯多福・伊薛伍德著；劉霽譯.
--初版. --臺北市：一人, 2011. 05
304面；21*13.5 公分
譯自：Goodbye to Berlin
ISBN 978-986-85413-3-7(平裝)

873.57　　100005259

再見，柏林 Goodbye to Berlin

作　　者　克里斯多福・伊薛伍德 Christopher Isherwood
譯　　者　劉　霽
編　　輯　劉　霽
封面設計　魏嘉俊
出　　版　一人出版社
地址：臺北市南京東路一段二十五號十樓之四
電話：(02)25372497
傳真：(02)25374409
網址：Alonepublishing.blogspot.com
信箱：Alonepublishing@gmail.com

二〇一一年五月　初版
定價新台幣三〇〇元